在深水里暴走

[德]卡尔-克里斯蒂安·埃尔兹 著
王烈 译

四川人民出版社

图书在版编目（CIP）数据

在深水里暴走 /（德）卡尔-克里斯蒂安·埃尔兹著；王烈译. -- 成都：四川人民出版社，2024.12.
ISBN 978-7-220-13865-2

Ⅰ. I516.45
中国国家版本馆CIP数据核字第20242BJ799号

Original title: Freudenberg,
published by edition AZUR at Verlag Voland & Quist GmbH, Berlin and Dresden 2022
© Carl-Christian Elze
Simplified Chinese translation rights arranged through Inbooker Cultural Development（Beijing）Co., Ltd.
四川省版权局著作权合同登记号：21-24-153

ZAI SHENSHUI LI BAOZOU
在深水里暴走
[德]卡尔-克里斯蒂安·埃尔兹　著　王烈　译

出 版 人	黄立新
出 品 人	武　亮　刘一寒
策　　划	郭　健　石　龙
责任编辑	范雯晴
责任校对	林　泉
特约策划	王　月
产品经理	钟　迪　曹　震
封面设计	末末美书
版式设计	许　可

出版发行	四川人民出版社（成都三色路238号）
网　　址	http://www.scpph.com
E-mail	scrmcbs@sina.com
新浪微博	@四川人民出版社
微信公众号	四川人民出版社
发行部业务电话	（028）86361653　86361656
防盗版举报电话	（028）86361653
照　　排	天津书田图书有限公司
印　　刷	天津光之彩印刷有限公司
成品尺寸	130mm×185mm
印　　张	7.25
字　　数	95千
版　　次	2024年12月第1版
印　　次	2024年12月第1次印刷
书　　号	ISBN 978-7-220-13865-2
定　　价	49.80元

■版权所有·侵权必究
本书若出现印装质量问题，请与我社发行部联系调换
电话：（028）86361656

我们之中，有谁能真正了解他的兄弟？有谁曾经探察过他父亲的内心深处？有谁不是永远被关闭在牢狱般的境遇中？又有谁不是永远地孤独、如同身处异乡的游子？

——托马斯·沃尔夫《天使望故乡》

感谢尼内、菲利普、妈妈、弗劳克、文斯和黑尔格！

1

迈克·弗登在出风口闻到了海的味道。格尔德先生正转过他宽大的脸，倒车入位。弗登瞥向车窗外，避免与格尔德先生进行眼神接触。路边躺着一只被碾平的刺猬，而一旁的人行道看起来几乎有一米高，仿佛那只刺猬是从高处摔死的而不是被压死的。弗登入神地盯着那只刺猬，像是在盯着一团模糊不清的灰色肉球，只有伸出的舌头还能看到一点明显的鲜红色。弗登不禁想到了自己的舌头。他讨厌自己的舌头，一直都是如此。从小他就自然而然地明白，没有舌头就不能说话，不能说话就不会说错话，不会说错话也就不会产生错误的想法和感觉。

汽车熄火了，弗登看向前方，妈妈的后脖子白得晃眼，汗津津的。他感觉自己的手开始颤抖。他们终于到了目的地——奥赖恩旅馆，位于波兰缅济兹德罗耶市哥白尼大街5号。

从过国境开始他就不停地念着这个波兰地名，轻声地练习着发音。"缅—济—兹—德—罗—耶。"弗登渐渐熟练，直到不再说得磕磕巴巴，可以随意脱口而出，流畅得仿佛在念一个咒语。

格尔德先生打开车门，第一个下了车。弗登很开心，他现在已经不用再叫这个怪人"爸爸"了。当弗登在四月份过完自己的十七岁生日后，格尔德先生就允许他不叫自己"爸爸"了，而是可以直呼其名。弗登到现在都觉得这是最好的生日礼物。

弗登闭上眼睛，感觉自己精疲力尽，仿佛正有什么重物带着他往下坠落。汽车至少已经开了四个小时，这一路上，他听着格尔德先生的欢声笑语，还得时刻准备答话。车窗外闪过的风景是那样平淡无奇，只是偶尔会出现一些独特的东西，比如风力发电机。他想起自己在牙医诊所的杂志上读到的那则关于狐狸的报道：越来越多的大狐狸和小狐狸都不再待在森林里，而是聚集在风力发电机的大叶片下面等着乌鸦从天上掉下来。这些掉下来的乌鸦几乎落到狐狸的嘴边，哪怕没有被烤好也已经把头去干净。弗登用眼神搜寻着红色的皮毛，却一无所获。他渴望自己也能成为一只狐狸，属于一个狐狸家族。

妈妈打了个喷嚏，弗登连忙睁开眼睛问了句"您还好吧"。他们都坐在车上，看着格尔德先生打开院门，走进奥赖恩旅馆黄色的外墙内，然后消失。

格尔德先生喜欢独自处理事情，为所有人处理事情。弗登临近高中毕业，但他还没有想好自己的未来，而格尔德先生对此失去耐心。弗登又在犹犹豫豫，他老是这样。那时格尔德先生突然吼道:"他生下来就这样!"够了!没有耐心了!没有时间再拖延下去了,不表态就解决不了任何问题,必须马上解决,再拖个一分一秒都不行!最终,格尔德先生一个人在一天之内就把儿子的一切都安排得妥妥当当,弗登要子承父业,去做金属加工工人。

弗登对此惊讶到不知道说什么好。尽管他明白,在格尔德先生眼里自己的人生不能有任何空白,尤其履历上不能有空档期。他也明白自己的沉默是一种选择,注定了自己一定要去做金属加工工人,永远都得做金属加工工人。当格尔德先生宣布结果时,弗登感觉脖子瞬间变得绵软无力,低垂的脑袋仿佛是在点头。"那就这样吧。"格尔德先生边说边全力拍了拍弗登的肩膀。

后来在吃晚饭的时候,格尔德先生告诉妻子弗登要去当金属加工工人,并兴奋地提议道:"我们度假庆祝一下吧,去波罗的海怎么样?"妈妈默默看了一眼坐在餐桌前一动不动的弗登,然后拼命点头大声同意格尔德先生的观点。她表现得如此诚恳，就好像要把弗登的那份态度也表现出来一样。格尔德先生对此感到很开心，甚至可以说是幸福。

　　弗登降下车窗，海鸥的叫声涌了进来。他抬头看到一大片密不透风的枝叶，像是在掩饰什么。弗登从未见过被修剪得这么彻底的悬铃木，它们的叶子仿佛是从断枝上长出来似的，就像手直接长在手肘上一样。弗登揉了揉眼睛，炎热的天气使他感到疲惫。早些时候，格尔德先生要求他们在早上六点出发，认为这样可以避免遇到堵车的情况。弗登忍不住打了个哈欠。妈妈转过头来，问他有没有在半个小时前注意到森林边那些提着许多篮子的老妇人。弗登机械般地点点头，但他只看到了一些没有篮子的老妇人坐在树荫里吸烟，也许她们还在那里大笑，至少汽车经过时她们的嘴角是上扬的。"她们整天都要吸尾气。"妈妈说道，但没有期待有人能应和她。在这一点上，她和格尔德先生不同，因此与妈妈相处起来没有那么困难。

格尔德先生带着一个满面笑容的胖男人回到汽车旁。弗登和妈妈下了车，格尔德先生向他们介绍多贝克，后者躬身在妈妈的手上亲了一下。弗登注意到那不仅仅是一个出于礼仪的吻，多贝克宽大湿润的嘴唇在妈妈的手背上停留了好几秒，就像两条蠕虫。然后多贝克也和弗登握了握手，他的手上长着很多又硬又长的毛。

"太好了，你们终于到了。今天天气真好。"多贝克边说边笑着走到车道上。看得出来，他的股骨头有毛病，走起路来摇摇晃晃的。他每走一步，浑身的肥肉都跟着摇摆。弗登担心他随时都有可能在地上摔倒。多贝克摆弄着一把锁，然后打开了停车场的大门。弗登注意到了一个小摄像头，它被安装在新粉刷过的墙上，大约离地两米高。他记得格尔德先生特别在意摄像头的存在。格尔德先生每到一处旅馆咨询时，第一个想要知道的事情就是停车场有没有安装监控。最终，他选择入住多贝克这里，因为多贝克多次向他保证这里有整个缅济兹德罗耶最安全的停车位。

格尔德先生回到车里再次启动汽车。多贝克挥手指挥格尔德先生,协助他把汽车停进停车场里。汽车刚开到停车场的入口就遇到了麻烦。入口的宽度就比汽车的宽度稍微大一点儿。停车场的左侧是一道黄色的屋子外墙,右侧是一道绿色的铁丝网。格尔德先生赶紧打开车窗把汽车两侧后视镜收起来,而多贝克在那里喊着:"往里进,往里进,其他德国车都能开进来,小心点就行!"

弗登觉得格尔德先生很不情愿。格尔德先生不想在这个陷阱里越陷越深,但他还是决定继续把汽车开进去,因为他这样做妈妈就不会在面子上难堪了。弗登听到过许多次格尔德先生对妈妈的批评。他说妈妈总是不好意思,那是因为她没有足够的意志,在教育弗登这件事上也是同样的道理。

尽管看得出,格尔德先生特别想要质问多贝克,质问他这个不合格的烂停车场到底是怎么一回事,但格尔德先生还是在停车场内开了二十米,把汽车停到了停车位上。他想下车,可车门和墙之间只有几厘米的空隙。

他弓着身子试图从另一边下来,那里的铁丝网松松垮垮,可以打开车门。多贝克勉强笑着,并再次向他大声保证:"都有监控,不会有事的!"

格尔德先生带着绝望的眼神从车里钻了出来,费力地走到后备厢外。他一边一言不发地努力把行李箱从车里拖出来,一边愤怒地盯着碎石路。妈妈递给他一张纸巾,让他擦擦额头上的汗,但他没有接受,反而轻蔑地摇摇头。最后,他成功搞定一切,按下锁车键。汽车发出咔嗒一声响。

多贝克已经一瘸一拐地回到旅馆里。他们进去的时候,他正坐在玻璃柜台后面,透过带圆孔的玻璃朝他们微笑。弗登停下脚步看向四周:墙上挂着静物画,上面画的全都是水果,色彩浓艳而欢快。他看到吊顶上有射灯指向这些画,在晚上的时候会给它们打光。但现在还是白天,只有午时的阳光从外面照进来,在地砖上映射出冷白光。弗登想,这感觉就像是进了屠宰场一样。他到休息区坐下,红色的靠垫倒在他的大腿上,仿佛一块肉。

门口旁边放着泛出金属光泽的花盆，里面肆意生长着一种像长管子一样的植物。这种植物让他想到了肠子。

弗登移动视线再次看向前台，多贝克正把房间钥匙交给格尔德先生。弗登认为，多贝克的手相对于他硕大的身躯来说实在是太小了，就像孩子的手一样。格尔德先生转身向他示意，于是弗登带着行李箱起身。从下车起他就一直带着行李箱，带着它经过黄色的外墙和长满多肉植物的花坛，一直来到前台。所以现在弗登觉得行李箱也应该由他带到房间里。格尔德先生向楼梯走去，弗登跟在后面。他要把箱子和提包一直搬到三楼。

楼梯和楼道铺着红灰相间的地毯，软绵绵的，踩上去就像……弗登再次想到了肉，被绞碎的肉，那布料就像肥瘦相间的肉馅。而且这个奥赖恩旅馆里有一股怪味，不是肉的味道，而是化学药水的味道，是那种清洁工身上会有的味道，就好像这里有许多东西要清洁似的。而且弗登还注意到墙上有特别多的安全出口标志。他想，也许只是因为自己总是去留意这种标志，总是注意到同一个标志,所以才觉得安全出口标志很多,这也是有可能的。波兰的安全出口标志上的小人和德国的没什么不同,他在学校里就见过:在绿色的背景前,白色的小人跑向一扇白色的门。但这个旅馆的楼梯间似乎更危险,波兰的小人跑过一扇又一扇门。弗登希望那白色的门内没有可怕的事情在等着小人,没有比小人刚刚逃离的还要可怕的事情。楼道带给人一种真实的恐惧感,它如影相伴,尽管没有看到什么恐怖的事物。

格尔德先生停下来,打开房门。他们三个走进房间。妈妈首先冲进卫生间,默默检查那里的一切,当她出来的时候显然是松了一口气,看来这里还算干净。弗登对她那种满意的表情十分嫌弃。他把箱子放在靠窗的铁锈色沙发旁。柔和的光线透过窗帘照了进来。格尔德先生也对这个房间很满意。他吹着口哨走来走去。过了一会儿,他在弗登面前停下,朝儿子的胸口轻轻捶了一下,然后说道:"我们现在去看看你的房间吧!"弗登点点头,但妈妈摇头表示,他们要先把东西从行李箱里拿出来,然后再去他的房间。

弗登立马转身回到走廊里,走向自己的房间。地毯还是之前的颜色,只是现在看起来颜色更深了。他没走出几步,就转身看到格尔德先生从容地跟在自己身后。

进到弗登的房间里,格尔德先生又开始吹着口哨四处溜达。他敲了敲用金属支架挂在墙上的小电视机,说道:"还不错,也许这里能收到德国的频道。"

弗登耸了耸肩,他看到床头挂着一幅静物画,上面画的是花卉——大丽花,红色的花朵像刺猬一样。弗登走近几步,看清了画家的签名:玛丽安娜·D,其中的字母"D"是多贝克的缩写。他站在房间里一动不动。弗登不用像妈妈那样先冲进卫生间检视一番,再判断是否对这个房间满意,他只需站在房间的正中央就知道了。

弗登慢慢走到窗边。窗户里是街道的景象。他拉开窗帘,外面悬铃木的叶子在波罗的海的海风中摇曳,遥远的天空上有一片卷积云。最后他走到长长的公共阳台上。阳台正对着大街,连通奥赖恩旅馆同层的所有房间。

他又走了几步,突然透过房间的玻璃看到了妈妈。他无法描述她此时脸上的表情,也许还沉浸在对卫生间的满意之中。弗登装作没有看见她,快速地通过这里。

脏兮兮的白色塑料躺椅、桌子、阳伞都被摆放到户外,堆在每个阳台的门外,仿佛腐烂了一半的鲸鱼骨架。弗登停下脚步,靠着栏杆望向街道。这时,格尔德先生出现在他身后,大口地呼吸着海边的空气,听起来他很享受。"嗯,好好呼吸新鲜空气吧,这里真不错。"弗登听见他这样说,为了维护格尔德先生的颜面,也深吸一口气。站在这里感觉确实很好,空气沁入肺腑。光是呼吸几口新鲜空气就让弗登感到无比舒服。

旅馆的对面有两座木屋。它们在风吹日晒下已经变得发黑。屋顶上还长着青苔。弗登不禁笑了起来,因为这两座木屋看起来就像他小时候在俄罗斯童话中读到的那种女巫之家一样:用整根大树桩做的屋子,依靠鸡爪支撑。总有勇士要上门来打败女巫"雅加婆婆",而且每个勇士都叫"伊万"。和童话里的一模一样,弗登告诉自己,除了没有鸡爪和勇士。

弗登背过身去,他想独自吸一口香烟。格尔德先生本来也会吸烟,后来为了身体健康戒烟了,不仅如此,他还成了禁烟斗士。该怎么办呢?弗登心中自问。格尔德先生站在那里像生了根似的,正越过弗登看向远方,摆出一副很满意的样子。弗登想,格尔德先生满意的情况真是少见又有点令人不适。自他有记忆起,他们父子就从来没有分开过。格尔德先生总是待在弗登身边。他在上班时做金属加工,到下班后就把全部时间留给了这个独生子。格尔德先生、妈妈和弗登一直生活在一起,从未分开。格尔德先生不是一个糟糕的父亲,完全不是,十七年来他一直在辛劳付出,但有些事情从一开始就是个错误。

弗登变得局促不安,他只想问格尔德先生能不能给他点钱,他饿了,想去买点吃的,顺便活动活动身子。格尔德先生笑了笑,打开钱包,拿出两张面值一百兹罗提的纸币。弗登说了句谢谢,然后格尔德先生慈爱地拍了拍他的后背。

他们回去找妈妈,她正把最后一件衣服放进衣柜。格尔德先生说孩子想出去转转,吃点东西,一个小时后准时在这里会合。妈妈同意了,并告诉弗登要小心,不要独自下水,晚些时候大家一起去。弗登点点头,然后就离开了。他终于可以独自待一会儿。他想吸烟,想吸一千根波兰烟,像烟囱那样伫立在海边。

2

弗登把房间钥匙交给多贝克,然后就出了门。他在修剪过度的悬铃木下左转,一路向前,到达哥白尼大街的尽头,再右转进入一条更宽阔的华沙英雄街。突然间,他被迎面而来的喧闹人潮吞没。大家都半裸着身子,头也不回地往前走着。他们用某一种语言欢呼着、喧哗着,弗登听不懂他们说什么,但也不在意。他环顾四周,粉刷得缤纷闪亮的商铺映入眼帘,在他的左手方向一字排开。弗登的耳边传来响声震天的音乐，但他并不讨厌这音乐。他觉得周围的所有事物都动了起来，或者说是他自己动了起来，这也是有可能的。弗登低头看向自己的身体。他的两只手放松且有节奏地随大腿摇摆，所有肌肉和骨骼都无声而精确地工作着。他的关节从来没有如此灵活过。弗登突然为自己的身体感到骄傲。拥有灵活的身体是一种幸运，绝对是一种幸运。

弗登随着人流前行，来到一个大广场上。这里人们摩肩接踵。正值午餐时间，没有人注意到他，也没有人和他说话。人们只顾着尽情享受不同摊位上的美食，就好像在响应那些让人去大快朵颐的呼喊。弗登也忍不住了。他告诉自己此刻必须吃点什么。他这辈子还没闻过这么香的味道。

弗登花上六兹罗提买了一个蓝莓华夫饼，上面加了一层厚厚的奶油，多到都快要从边上流下来了。他先把华夫饼边上的奶油舔进嘴里，然后用几口就把整个华夫饼囫囵下肚。味道真不错啊。等他回过神来，才发现自己挡住了别人的路。他费力挤出人群，找到一个还有空位的长椅坐了下来。

他的身边坐着一群正在吃东西的波兰人。有一个小女孩趴在妈妈的大腿上，不小心把甜筒冰激凌沾到了她妈妈的裙子上。他们的旁边还有一个小男孩，年龄比弗登小一些，应该是小女孩的哥哥。两个孩子看起来都像是圆嘟嘟的小熊崽。弗登感觉小男孩的皮肤正贴着自己的腿，好似碰到一面湿漉漉的墙，但他没有换位置。他环顾四周，到处都是吃东西的人，只有广场中心那一小块修剪过的草地上没有人。草地四周围着低矮的栅栏，在中间还有一个坏了的小喷嘴。小喷嘴就像雕像一样立在那里。弗登想，估计人们都想闯进草地，但他们是如此听话，习惯了城市那一套规则，宁愿互相踩到脚、互相咒骂，也不想破坏规则去践踏草地。

弗登闭上眼睛，感觉肚子还是有些饿。同时，他也注意到自己闻不到海的味道了。他清楚地记得，明明自己在吞下华夫饼前还能闻到。这真是奇怪。他不禁想起几年前在一次放学回家后看过的一档动物科普节目，节目介绍了狼在猎到丰盛食物后会进入的状态——吃饱的狼会暂时闻不到气味，有时这种状态甚至会持续一周，因为食物的脂肪堵住了狼的鼻子，或者让它的鼻子变得不灵敏了。这样的话，森林里的动物就暂时安全了，狼自己也安全了。它不再受到贪婪的蛊惑，毕竟吃饱后就不会奢求更多。

弗登睁开眼睛，从长椅上起身，走进人群。他到处转悠了一会儿，又很快离开人群，给自己买了一个波兰特色的蘑菇奶酪烤法棍。他咬上一大口，然后很快就吃完了烤法棍。他又跑到另一个摊位买了一根烤得通红的蒜肠和一大包薯条。结果他越吃越停不下来，又买了一个冰激凌和一个草莓香草口味的华夫饼。

华夫饼吃到一半的时候他停住了嘴，看样子就像他吃撑了的身体突然间罢工一样，然而事实上并没有。弗登身体向前倾，用薄到几乎透明的纸巾擦了擦嘴。纸巾上面没有血，什么也没有，只有一些食物残渣。他感觉嘴里的食物有一股铁锈般的味道，就好像自己咬破舌头一样，但是自己却没有任何痛感。弗登吞了好几下口水，味道没有消失。他又走到儿童游乐场旁边的树丛里，想要把吃下去的食物吐出来，可没有成功。他不打算用手指催吐，那样太恶心了，就算是自己的手指也不行。最终他来到报亭买了一包香烟，想要通过烟草来消除这地狱般的味道。这味道就像来自废铁回收站或者屠宰场。

弗登吸了一口香烟，感觉自己好受一些，心里也平复下来。他想，或许嘴里有这种奇怪的味道是件好事。如果不是因为嘴里这铁锈般的味道，他可能永远也无法阻止自己的狼吞虎咽。恐怕在余生里，他就只能围着那草地四周打转，一口接一口地吃着食物，消化着华夫饼、烤肠和波兰比萨，永不停歇。

弗登又深吸一口香烟，然后走向海边的栈桥。栈桥的起点就在脚下的广场上，入口处有两座高塔和一座小房子。小房子里有咖啡馆、餐厅和商店。弗登穿过小房子，从后门离开，终于看到了大海。栈桥向波罗的海深处延伸了几百米,还在海面上拐了一道弯。此时栈桥上的人不算多,因为大多数人都还在吃饭,因此弗登可以大步朝前走去。他数着自己的脚落在水泥地面上发出的声音。他一共走了三百七十二步。

栈桥的尽头是一个大平台,船只可以选择停靠在这里。弗登把烟蒂弹到栏杆外。一只海鸥正好落到旁边的海浪上,衔起了落下的烟蒂,然后随海浪起伏。它满怀期待地看向弗登。弗登俯身靠在栏杆上。栏杆上挂着一个用长绳子拴住的橙色救生圈。他又给自己点燃一支香烟。那只海鸥像弗登的宠物一样盯着他。弗登朝海鸥点点头,而海鸥好像也朝他点点头。他直起身子,转头望向矗立在远处、黄绿色的陡峭海岸。壮阔的波涛毫不迟疑地扑向岸边,在那里慢动作般地粉身碎骨。

弗登感觉自己很舒服。温暖的阳光照耀着他的脑袋和脖子。他望向远方,望着那无边无际的大海,用目光在海平线上梭巡,但一艘船也没看见。弗登想,人们总是向往大海。因为每个人的身体里都含有水分,每一个细胞里都有。但真正面对大海、面对这原始的万物之源时，人们又会突然觉得这幅景象太过辽阔，自己仿佛是一只将被大海吞没的小猫。弗登突然转身，低头看向栈桥的水泥地面。这是一座混凝土栈桥，但在大海面前看起来并不违和。他又抬起头，再次把烟蒂弹进水里，看着它在桥下随海浪起伏。这次没有海鸥来衔走它。可能海鸥已经知道，天上掉下来的午餐也不一定是美味。想到这里，弗登忍不住笑了起来，尽管这想法有些奇怪。最后，他又沿着来时的路离开了栈桥。

弗登刚回到广场上，突然被引擎发出的轰隆声吸引。在栈桥出入口旁有一个赛车游戏机，他在进来的时候没有注意到。这个赛车游戏机玩一局很便宜，于是弗登跳了上去，连投好几枚硬币。他开着一辆法拉利F40超级跑车跑了好几条赛道。他本可以设置自动挡和刹车辅助，那样玩起来会更轻松，但他想自己尝试手动挡和刹车控制。弗登在赛道上接连不断地发生事故，但座无虚席的看台却传来歇斯底里的欢呼声。在他的脑海中闪过一个念头，也许他被观众如此追捧，是因为自己可以轰轰烈烈地撞车又迅速回到赛道。他就是开着法拉利的"赛车上帝"，拥有永生的能力。在这个游戏模拟器的小世界里，一切都那么简单，每个人的生命都有很多次，只要几个兹罗提就能重新开始，再当一回"赛车上帝"。

坐在赛车游戏机的座椅里，弗登注意到旁边有一个男孩正紧紧盯着他，看样子也想玩。那个男孩的年龄不大，大概只有十来岁。由于被别人注视着，弗登一下子无法集中注意力，于是便从赛车游戏机的塑料座椅里爬了出来。他不想有任何东西来阻挡自己获胜的脚步，法拉利肯定是获得胜利的利器，但他自己不是。那男孩发现弗登还给他留了一局，脸上笑开了花。弗登也很开心，仿佛他们在这一刻联系到了一起。现实中的所有东西似乎都息息相关，包括每个座椅与每个后背、每个摇杆与每只手、每个事物与每个生命。

弗登走到广场中央，看了看自己的手表，想知道现在自己是不是该回奥赖恩旅馆了。看来还有些时间。他绕着草地栅栏走了半圈，进入华沙英雄街，就像一个血细胞一样漫游在缅济兹德罗耶市的大血管里。弗登的右手方向是一家蜡像博物馆的入口。博物馆的外围是一面廉价水泥墙，正门建得像希腊神庙一样。他的左手方向有帐篷、摊位和集装箱。它们渐次排开，商贩们在其间售卖着琳琅满目的泳衣、玩具以及粘着贝壳的杯子、盘子和灯塔牌文创产品。弗登想，如果他要在海边晒上一天太阳，也会忍不住去买灯塔笔记本或者印着海马的毛巾。

他向前走着，来到一家白色主题的高级酒店前。酒店建筑延伸出来的阳台让他想到了兔子窝。这家高级酒店入口的上方写着"波罗的海琥珀酒店"几个字。黑色为主的德国中端轿车有序停靠在酒店前，就像阳光下的屎壳郎一样闪闪发光。在弗登面前有两条岔路可以选择，右边的道路可以通往城中心，而左边的道路通往一个小停车场。但他打算继续沿当前道路前行，不想拐向任何一个方向，就这样一直走下去。

经过波罗的海琥珀酒店后，路上明显安静许多。道路的右侧有几家老店铺，而左侧有一条通向沙滩的沙子路。沙子路旁卖华夫饼和冰激凌的小商贩已经渐渐散去。一时间，弗登看不到几个人影。他觉得自己要是能像熊一样狂奔就好了。他在自己独处的时候常想这么做。奔跑是让自己暂时忘记不快的最简单的方法。但现在他还不敢狂奔起来，因为他一直觉得有人在盯着他。

道路右侧几栋新建的高楼映入眼帘。对缅济兹德罗耶这座小城来说，它们实在是太高了。这些高楼的外立面已经变得灰蒙蒙的，上面满是污渍，看起来仿佛得了传染病一般。弗登走上其中一栋高楼的入口台阶，来到一个脏兮兮的大门前。他看到巨大的门禁屏幕上展示着至少五十个名字。"阿卡迪乌什·维戈洛斯基"这个名字引起了他的兴趣。弗登盯着这个名字看了一会儿，然后用手指轻轻触碰了一下名字旁边的按钮。他觉得自己就是"维戈洛斯基"，因为它在德语里听起来像是"正在赶路的人"或者"刚刚迷路的人"。

走过华沙英雄街，紧接着的是星光大道。弗登一直走到星光大道的尽头。星光大道的尽头有几条路：右侧有一条营地小道，也许它通向某个露营地。而正前方是一条坑坑洼洼的海港路，它直接通向海港，斑驳的铁皮屋顶在远处闪闪发光。至于第三条路，那是一条和海港路并排的步道，通向郁郁葱葱的悬崖。悬崖那边属于沃林国家公园。弗登读着垃圾桶旁木牌上的国家公园守则：狗要牵绳，禁止吸烟。可他没有狗，身上倒是有香烟。弗登点燃一支香烟，走上了通往沙滩的第四条路。他的周围一片寂静。

3

弗登脱掉鞋子,进入沙滩。他的脚刚踩到沙子上就陷进去了一点。这让他感到轻松许多,整个人仿佛飘浮起来一样。他就像是来到一个陌生的星球,这里重力小,还无法传递声音。经过几次深呼吸,弗登周围的声音突然被打开了,食品小贩的叫卖声不绝于耳。他想,若不是这些叫卖声,他还可以继续把沙滩上那些油光发亮、半明半暗的身体看成湿滑的石头,也许还是外星上的粉色花岗岩。但现在，弗登看到一个个扭动的身体，车轴关节、球窝关节、屈戍关节、鞍状关节等各种关节灵活运转，就像千足虫的肢节。也许有上百只手臂正在从口袋里掏出硬币，沙滩上叮当作响。

弗登越过他们，快速通过沙滩城堡区，然后直面大海。这里没有疾风，没有狂浪，只有细小的水波像巴哥犬一样舔着他的脚，发出沙沙的喘息声。眼前的大海像是一个乏味的大浴池。弗登试图想出一个关于波罗的海的笑话，比如：金属加工和波罗的海有什么共同点？但他想不到任何答案。不过他对自己找不到答案的结果很高兴，因为这样意味着两者间似乎并没有什么联系。想到这儿，弗登感觉自己很安全。他正愉悦地被那些外国语言包围着。它们从四面八方传来，从中可以轻易分辨出激动、兴奋以及各种情绪。在弗登听来，这些外国人比自己家乡那里的人要更加善解人意和聪明，他们说的每一个词都能让对方理解。不过他又想，这显然是一个谬论，这里的外国人肯定也在说一些枯燥的废话。他们和沙滩上的其他德国人一样无聊,只不过弗登听不懂波兰语,一个词也听不懂,这成了这群人的优势。也正是因为这个优势,这里成了通往天堂的入口。

弗登继续向前走着。他再次看了一眼手表,发现到了该回去的时候了,但他身体上的每一块肌肉似乎都在抗拒回去的想法。他沿着海边漫步,平静地呼吸着。他不想让自己看起来行色仓皇。

在弗登的右侧,海岸线随着他的步伐逐渐升起,像一只行动缓慢的巨兽慢慢从地上抬起自己的前脚,最后悬停在百米多高的空中。弗登转身看向栈桥和波罗的海琥珀酒店的方向,那里仿佛是一幅黄色和粉色相融的印象画。他不禁想起在学校图书馆的某本摄影集中看到的内容。那是一幅横跨对开页的东非纳特龙湖的航拍照片。画面里到处都是粉红色,有上万只粉红色的火烈鸟单脚伫立在湖面上,用弯曲的喙滤食浮游生物。弗登也知道,那照片无法传递火烈鸟的尖叫声和臭味,那些臭味是从成千上万的粉红色泄殖孔里发出的。

弗登转头继续向东走。山坡附近有茅屋和卖鱼的小贩，旁边还有免费的座椅，上面坐满了人。这里已经属于港口区域，沙滩上有被拖上岸的各类渔船。那些渔船看起来五颜六色的，能带给人好心情，只是像瘤子一样从船尾凸出的黑色螺旋桨显得有些丧气。有一只黄狗从其中的一艘渔船上跳下，朝弗登这边跑来，然后像肥猫一样蹭了蹭他的腿，又跑向渔民。于是弗登跟在它的后面。

在五颜六色的渔船间，渔民正把当日的渔获从网里倒出来。弗登靠近那些渔船，观察着渔民们的动作。他们的双手饱经风霜，皲裂的皮肤仿佛羊皮纸一般。他等待那些皮肤发出沙沙的摩擦声，但是并没有，只有轻轻抽动绳子的声音。一些鱼在收紧的渔网中挣扎，然后被一条条地拣出来。渔民收获的都是一些比目鱼。它们的鳃盖在疯狂地张合着，似乎还想在最后关头逃出生天。弗登想起自己在五年级时上的一堂生物课。课上生物老师讲解了当鱼离开水后鱼鳃会发生怎样的变化。薄如纸的鳃片会脱水，就算空气中有足够的氧气也无济于事。

鱼会在充满氧气的空气中窒息。弗登看着那些扭动身体的鱼。就算它们加快呼吸频率也没有用。到这时候鱼鳃已经没有作用了，一切都为时已晚。

鱼按照大小被分装进不同颜色的塑料箱里，其中最小的、像新生儿手掌那么大的鱼会被扔回海里。逃生之路只有几米之遥。逃生是从某个渔民的手腕一甩开始的。岸边的浅水中已经有许多一闪一闪的鱼漂浮着。弗登觉得那些是鱼宝宝的尸体，只有仔细分辨才能从中找出几个幸存者。它们拼命地游动，但似乎就连那点微微的浪花都无法对抗，更别提游回深海了。这些幸存的鱼宝宝的鱼鳃已经被无可挽救地破坏了。一群海鸥盘旋在这些鱼宝宝的上方，时不时地叼起其中的一条。对于那些无耻的海鸟来说，这真是一场丰盛的自助餐。想到这儿，弗登不由得朝海水里吐了口唾沫。

那些渔民的妻子带着一箱又一箱的鱼到港口去，再带着空箱子回来。黄狗跳进一艘绿色的渔船里，摇着尾巴向栏杆外张望。渔船上立着几根挂着红色小旗的白色杆子。弗登靠近那艘渔船，踮起脚看向船内。甲板上有十几个浮标以及一些老旧的塑料桶，白色杆子就插在塑料桶里。黄狗不再摇尾巴。它先是几声低吼，然后狂吠起来。渔民们看向弗登。其中一位渔民喊了几句，那黄狗就立刻安静下来，跑进船舱里。弗登离开渔船，点燃一支香烟，又回到渔网那边。

鱼不会眨眼，到将死之时也没有任何表情变化。但弗登看到它们在渔网里挣扎的时候还是心里咯噔一下。那些鱼扑腾着鱼鳍，全身不停地扭来扭去，无一不体现出它们清醒中的绝望和不加掩饰的恐惧，而它们的周围尽是冷漠。尽管死亡直接呈现在眼前，但狩猎者的日常工作并没有受到影响。弗登想，那是鱼的灾祸，一直都是鱼的灾祸，直到灾祸降临到自己身上时，大家才会放下手中的渔网。

一些鱼停止了扭动，鳃盖的张合也变得迟缓、微弱。为什么人们不愿意帮助它们更快结束痛苦呢？弗登思来想去只得到了一个答案——没有人在乎。渔民们大笑着，叼着烟，心不在焉地摘下那些被渔网缠住的鱼鳍、鱼尾，将鱼扔进塑料箱里或者大海里。灰白色的海鸥在海浪上时起时落，不知疲倦地啄食着水里的美味。弗登突然对这种海鸟有了新的看法。它们的饕餮盛宴也是鱼的解脱之地。鱼宝宝因这些海鸥的存在而马上得到救赎，只有大鱼孤立无援，没有海鸥来帮它们。固执又麻木的渔民妻子们将那些大鱼放进黑暗的茅屋中，让它们待在那里慢慢窒息而死。弗登感到气血上涌，但无论是渔民们还是他们的妻子，没有任何人把他和他的愤怒看在眼里。弗登觉得也许他们没有注意到自己是件好事，因为自己马上就将冷静下来，怒火也将很快燃烧殆尽。

一切都过去了，鱼的结局是注定的。几小时后它们就会被饕客吃进胃里。经过消化后，它们就像从来没有在这个世界存在过一样，没有照片也没有留念，什么都没有。他看向渔民们的脸，这一刻，他觉得那些人活得太累了，每天都疲于捕捉和杀生。沙滩上到处都是棺材般的船只留下的痕迹。弗登的脑海中突然浮现出一幅这样的画面：渔船在天亮前就驶进漆黑的大海。渔民们在海上撒网。白色杆子上的红旗迎风飘动。鱼群被渔船的诱饵吸引过来，纷纷落入网中。最终在午时前后，渔民们开着渔船满载而归。而每到这时，西边的沙滩上就会躺满了人，渔船的甲板上也躺满了鱼。那些鱼看起来灰暗而冰冷。它们扭动着，挣扎着，进行着毫无意义的抗争。这些来自大海的冰冷的鱼最终喂给沙滩上那些晒得暖洋洋的人。弗登将烟蒂弹入垂涎渔获的海鸥群中，但没有一只海鸥去衔它。它们已经不需要了。那些渔民的妻子拿来了酒。渔民们吃喝着从渔网中随意掏出仅剩的一些鱼。黄狗从渔船上跳了下来，躲进螺旋桨的阴影里。

弗登看了看手表。现在已经下午一点多了，超过约定好的时间半个小时。但弗登并没有把它放在心上，同时也庆幸自己身边没有电话。他沿着蜿蜒的海岸线继续一路向东。走到现在，他才发现太阳有多么毒辣，自己右脸的太阳穴有灼烧感。哪怕靠近山坡，弗登也感觉不到清凉。太阳高高在上，照得人无处遁形。他不禁又想起了那些渔民。他们喝过酒后才注意到弗登,仿佛他像个之前没有人看到的幽灵。他们在他身后嘲笑般地喊着什么,听起来好像在说脏话。那些渔民的笑声听起来像是海鸥在尖叫。弗登告诉自己,一切都过去了。他继续往前走着,想把衬衫脱下来放在头顶上挡住阳光,但他并没有那么做,仿佛有人不允许他这么做似的。是谁呢?弗登的身边已经没有任何人可以对他指手画脚了。

他走过一块写着"沃林国家公园"的木牌,又点燃一支香烟。没过一会儿,他就和岸边的海浪嬉戏上了,就像他小时候喜欢做的那样。他朝自己的左前方奔跑,向退去的海水跑去。当新的海浪袭来时,他又迅速跑开。弗登始终和海浪保持着一定的距离,随着海浪潮起潮落。他找到了正确的节奏,在逃避和追逐的状态间来回切换,让全身的肌肉准确行动。他感受到了小时候那样的快乐。

当弗登跑不动时,他停了下来,让海浪追上自己。他的鞋子和袜子都湿了,但这并不是件坏事,毕竟脚底火辣辣的感觉终于消退了。他从大海中缓缓走出,仿佛在这一刻成了一只瘦弱的熊。虽然他对这一场面感到有些害羞，但已经心满意足。

弗登走得越久，海岸线的变化就越大，景色也越来越荒凉。此时的山坡看起来像是一个巨大的不规则切面。被剥掉树皮的树桩如同骨头或牙齿一样突出地面。低矮的灌木丛从山坡一直长到沙滩上。起伏的山脊就像是绿色的蜥蜴皮肤。这里野生的景色令人陶醉。弗登仰头看向天空，发现自己头顶上方的事物也发生了变化。缅济兹德罗耶那边的天空是一片蔚蓝，而这里的天空则是一片毛玻璃般的灰白。从远及近，蔚蓝色渐渐消失、被灰色蚕食，阳光也不再直射到脑袋上。

弗登穿过一片几乎被砾石覆盖的沙滩。突然间他看到有一个人孤零零地躺在一条沙滩巾上，从模样上看他是个游客。那人全身赤裸，像是在带有红色纹路的岩石间睡觉或者装睡。他的衣服被堆在一旁，仿佛是蜕下的皮肤。弗登经过时，注意到那人的身体好像僵直了，于是赶紧跑开。

海岸线微微向右折去。弗登沿着海岸线走了一会儿。再回头的时候,他发现栈桥和渔船都不见了。面前的沙子和石头如獠牙般从地里冒出来,切断了回到人类世界的路。弗登并没有感到不安,继续一路向前。前面的路到处都是碎石,夹杂在沙子里的碎石是灰色的,浸泡在海里的碎石是黑色的,并且拥有锋利的边缘。海浪拍打岸边,发出低沉的呐喊。整个沙滩是一片丛林,但这片丛林里没有活着的树,只有死去的树,比如那些光秃秃的树桩以及奇形怪状的树根。那些树根看起来有点像肩胛骨、髂骨、骶骨、脊椎等人类的骨头。

弗登停下脚步,注意到地上有什么东西在发光。他蹲了下来,看到有成千上万条纤细的银线蜿蜒在沙子间,共同编织成一幅图案,就像是繁星闪烁的夜空。弗登伸出右手食指轻轻擦了一下银线,然后舔了舔手指上的味道。那银线的味道是咸的,但是和食盐的咸味不一样,里面夹杂着一丝腐烂的味道。

弗登抬起头,才看到海边有一座立方体形状的水泥碉堡半浸在水中，距离岸边只有大约三十米远。这么显眼的建筑为什么他刚才没有看见呢？他原地坐下，望着那座水泥碉堡。太阳又开始直射到脑袋上，但没有之前那样火辣。似乎有什么力量控制住了他的身体，不知道来自体内还是体外。弗登没有被吓到。他慢慢脱掉包括裤子在内的衣服，把它们整齐地放在一起，然后走进水中。他感觉好像有什么东西吸引着自己。

他走进那座没有窗户的水泥碉堡，刚才的强光让他头晕目眩，什么都看不清。水泥碉堡内的海水没及他的腰部，还有海浪不断地从外面拍打到碉堡上。弗登站在原地不动，感受着海浪每一次拍打带来的腰间水面的微微起伏。有一个阴影在眼前渐渐清晰起来。那是一团不规则的灰色。弗登伸出右手，把手掌贴在碉堡的墙壁上。墙壁上的海藻柔软而温暖，仿佛他在抚摸的是一个有生命的东西。他把手伸进海藻深处，那触感令他感到愉悦。他开始用手指在海藻里画圈，越画越快，越画越兴奋，然后突然碰到什么隆起的冷冰冰的东西，于是不再继续。

弗登把脸贴近墙壁，开始认真用手摸索，像是在动物的皮毛中寻找寄生虫或伤口。他顺着那冷冰冰的东西摸下去，摸到一道长条状的奇怪"伤口"。弗登把海藻拨到一旁，看到里面有一种泛着金属光泽的东西正在闪闪发光。他的心怦怦直跳，手臂也不受控制地颤抖起来。他从墙上拔下海藻，又发现了两道长条状的"伤口"，原来在弗登的脖子、胸口和腰部三个高度的水泥墙内镶嵌着钢条。弗登怔怔地站在那里。海浪拍打碉堡的声音越来越响，直到从外面喷涌进来。最终，有一道闪电劈向他的额头。

弗登再次睁开双眼的时候，发现海水已经没到了他的脖子。他缓缓从海水中站起来，试图让自己清醒过来。他还在那座水泥碉堡中，是水泥墙壁撑住了他。弗登的嘴唇好像破了，他感觉嘴里有铁锈般的味道。他吐了口唾沫，把头靠在水泥墙上。这里有一条细小的缝隙能看到外面的一部分沙滩。他看见带有纹路的碎石、昏黄的影子、沙子和树根。这看起来就像是一幅画，一幅静物画。他想要通过深呼吸冷静下来，但他做不到，反而自己的呼吸因为紧张而变得更加急促。他又盯着那条缝隙看了一会儿才反应过来，分明有一只手臂从那幅静物画上方伸了出来，手指正指向他。

4

弗登穿过岸边的海浪，回到沙滩上，站在自己叠好的衣服前。他不记得自己曾把它们摆得这么整齐。犹豫片刻后，他穿过面前的砂砾地，走向山坡。

在他面前躺着一个人，一动不动的。他的胸口压在一块石头上。他像是跪在石头前。这幅场面很容易让人把他看成一个沉浸在自己世界中的祈祷者，如果他的脑袋没有被砸得粉碎、脑浆没有流出一地的话。弗登手足无措地站在那里，怀疑自己是在做梦，怀疑自己还在那座水泥碉堡里没有走出来。他转身望去，碉堡的入口清晰可见，仿佛是一个狭长的瞳孔，又或者是某个不会眨眼的爬行动物的眼睛，正幽幽地凝视着他。他感觉自己想吐，刚刚跪下身子，还没有完全消化的食物就从口中吐了出来：华夫饼、香肠、蘑菇和薯条。

过了一会儿，胃部终于平静下来。他看到自己尚未消化的食物残渣旁有一小摊红色的液体，正慢慢渗透进沙子，它是从旁边的石头上流下来的。那道红色细流在他眼前一滴一滴地落下。他这才意识到自己不是在做梦。弗登颤抖地站了起来，看向眼前的这位少年：他穿着蓝白两色的防风衣，上面有两个带着拉链的口袋，防风衣里面有一件黑色衬衫，而下身穿着一条牛仔裤。弗登注意到其中的一个口袋鼓鼓囊囊的，仿佛塞进了一个硕大的拳头。他俯身拉开那个防风衣上的口袋，把手伸了进去。

弗登从口袋里掏出一个灰色的光滑小皮包。他将小皮包握在手中，仿佛捏住了一颗心脏。他下意识地按了几下小皮包，好像这样就能让它重新跳动似的。小皮包里有几张纸条，上面写满了文字。除此之外，小皮包里还有几张证件，其中一张似乎是波兰的身份证。弗登看了看身份证上的名字——马雷克·斯特泽普。他又端详起身份证上的照片。照片里的马雷克两腮凹陷，牙齿整齐而坚固，深陷眼窝里的眼睛虽然不大却炯炯有神，仿佛鹰眼一般。现实中马雷克的脑袋正毫无生气地连接着躯体。他都已经成这样了，谁还会在意他的牙齿是否整齐呢？弗登回到自己的衣服那里，从裤子口袋里掏出自己的钱包。他跪下将那张波兰身份证和自己的身份证放在一起，照片挨着照片，没想到他们竟如此相似。弗登踉跄着走到水里，洗了洗自己两腮凹陷的脸。

他又回到原处。马雷克依然趴在石头上，但似乎祈祷的态度更加诚恳了。一只海鸥落到食物残渣旁，一边啄食一边叫着。弗登盯了一会儿自己赤裸的双脚，然后开始脱马雷克身上的衣服。

脱衣服这件事比弗登想象的要难。马雷克的手臂和腿都已经僵硬了。弗登浑身颤抖着,似乎身上的每一块肌肉都在阻止自己,但他已经无法停下。海鸥就在他旁边几步远的地方上蹿下跳,绝不放弃这天上掉下来的丰盛午餐。当弗登刚刚脱完衣服,它就跳了过来。弗登一时愣住了,感觉自己的大脑像是短路了一样。他看着马雷克赤裸的身体,看着马雷克白皙的皮肤、完好无损的躯体和血肉模糊的脑袋。

他在干什么!他怎么会去碰那个人?他肯定是疯了。海鸥慢慢靠近再靠近。它发现弗登不会对自己构成威胁,于是继续用黄色的喙啄食食物残渣。弗登观察着海鸥,怦怦直跳的心渐渐平复下来。他发现自己一直赤裸着身子,但一点儿也不为此感到羞耻和脸红,和平时的自己完全不一样。他觉得自己越来越像是一位醉心研究的科学家,马上就要有新的发现和突破性的研究进展了。他看看自己,又看看马雷克,两人的体格完全一样,连痣也都长在差不多的位置,就好像亲兄弟一样。弗登又觉得他们不像是亲兄弟,简直就是双胞胎。

弗登看着自己湿润光滑的手指。他脱下马雷克的衬衫时把衬衫的领口撑得很大,所以衣服没有沾到血迹,可是自己的手没有幸免。他努力让自己接受手指沾上血迹的事实。弗登在触碰马雷克前就预料到了这一点,所以才敢于笨手笨脚地移动马雷克的身体,脱掉他的衣服。面对马雷克,弗登忍不住流下眼泪。他刚开始只是低声啜泣,后来哭声越来越大。弗登弯腰捡起马雷克的衬衫穿在自己身上。他找到了自己的兄弟,但是太迟了,他的兄弟已经死了。弗登穿上马雷克的内裤、牛仔裤、衬衫、外套,又把马雷克的钱包装进自己的口袋里。弗登刚想给马雷克穿上自己的衣服,就听见了狗叫声。他抬起头,看见一只棕白色的花狗从几百米外朝他跑来,而另一只更小的狗狂吠着跑进海浪里。弗登看了看山坡,又看了看缅济兹德罗耶的方向。他得马上离开这里。于是弗登拿上自己的衣服匆忙逃走了。

他上气不接下气地跑到山顶上,胸腔剧烈起伏着。他跌坐在地上,闭上眼睛想让自己平静下来,可眼前呈现的不是一片黑暗，而是一片鲜红。他又马上睁开眼睛，大口喘着粗气。过了一会儿，弗登终于缓了过来，他开始环顾四周。他的脑袋旁有一棵树干很细的树，树根从山坡的薄土里伸向空中。有一只小鸟摇摇晃晃地停在树根上，但很快就被弗登的呼吸声吓跑了。弗登愿意用自己漫长的人生去交换鸟儿短暂的生命时光。但它都不愿停留在自己身边，又如何与它交换人生呢？他望着自己来时的坡道，那是一条很陡的沙子路，上面长满杂草和死去的灌木。弗登想，怪不得自己跑得这么累。他决定离开这里。

两个从缅济兹德罗耶方向而来的路人就在他下方的海岸边，但弗登看不清他们的样貌。那两个人正往水里丢树枝，然后弗登看到有一只棕白色的花狗跑到海里把树枝捡了回来，奔跑的时候叫个不停。弗登听到他们在用波兰语夸这只花狗。那两个人继续往前走。他们会不会就这样通过这里了？没有，他们停了下来，不再继续走下去。弗登埋下头，竖起耳朵等待着那一声尖叫，但是并没有发生,就连狗叫声也没有。弗登再次抬起头时,看到那两个人背朝阳光向缅济兹德罗耶的方向而去。花狗又开始叫了起来。三个剪影靠在一起,时而偏左,时而偏右,消失在獠牙般的海岬后面。

此时的弗登满身大汗。他起身享受着迎面吹来的凉风,然后小心地沿着山坡走到马雷克的正上方。他的面前有一双白色球鞋,鞋尖正对着悬崖。弗登在悬崖边坐下,赤着脚在空中晃荡了好几下,才拿起那双球鞋。他先把手伸进去摸了摸,才穿在脚上。球鞋竟然比自己的脚要大一些,他本以为大小会正合适。弗登站了起来。脚趾前方空荡荡的,穿起来很不舒服,他对此并不适应。当他目光向下,落到那片石滩上,他才意识到自己从来没有穿过这么合适的鞋子。

弗登发现悬崖边有一丛玫瑰木,上面挂着一张红色的小纸条。那小纸条正疯狂地舞动着,仿佛活了一般。弗登靠近玫瑰木,伸出右手抓住那张小纸条,然后用左手展开。他对自己的行为感到惊讶,因为他没有意识到自己会这样做。他对这张红色的巧克力包装纸一点儿也不感兴趣，但还是把它举到自己面前。他不禁想起，小时候的自己十分喜欢观察那些准备起飞的瓢虫。它们的甲壳微微抬起，露出透明的翅膀，同时发出嗡嗡的声音，就好像一个个启动的小型引擎。弗登用嘴吹着那张巧克力包装纸，先开始比较小心，然后气息越来越强。巧克力包装纸从他的手中立了起来，最终在一股看不见的力量帮助下飞走了。那张巧克力包装纸没飞多远就又挂到之前那丛弱小的玫瑰木上。弗登想，它刚刚才解脱出来，现在又在疯狂地挣扎。尽管那张巧克力包装纸没有生命，但弗登还是觉得自己和它的处境一模一样。

他转身看向海平线，在这里看到的大海景色比在底下看到的大海景色要难看得多，色彩也不如在沙滩上看到的那样和谐。在远处的海岸线上，蓝白相间的沙滩上夹杂着一点绿色。那是一种油腻腻的绿色，看似想要让人眼前一亮，却又适得其反。只有远方那一抹永恒的、纯粹的深蓝，才让弗登感到心安。

风越来越大，一阵阵地刮过弗登的脸。起初，他还通过不停眨眼来躲避大风的侵袭，后来干脆坦然面对了。他感觉眼睛里的水分正在被大风吹走，眼睛变得越来越干涩，也越来越肿，仿佛干花一样。他非常想闭上眼睛，但没有那么做，就好像眼前还有什么东西等待被他发现似的。他仰望着夏日的广阔天空，阳光并没有让他失明。现在整个天空几乎都是白色的，只剩下天际还有一抹蓝色。弗登觉得自己像是突然被卷入某项研究一样。仿佛他是个小昆虫，被装在玻璃罐子里供人继续观察。但是谁在观察自己呢？这个问题无从回答。不过弗登还是察觉到一些蛛丝马迹。这里的一切都变得极其缓慢，悄无声息，好似生怕吓到自己。玻璃罐不会被猛地晃动，也不会突然掉落。观察者这样做是为了不打草惊蛇，为了不让他察觉到牢笼的存在。只要弗登不得知真相，他就不会因此而受伤。

　　弗登看着天际的那一抹蓝色渐渐消失，他试着让无处可逃的自己放松下来，但这并不容易。他站在悬崖边，脚趾紧张地在一片黑暗中扭动,那是马雷克过大的鞋子。海面上还有一些光点,但影子已经斑驳不清。弗登知道,当所有影子融合到一起的时候,一天就结束了。他在周围寻找着自己的影子,但没有找到。当他从悬崖边朝后退一步时,才看到了那个正在移动的影子。他的影子静静地躺在自己脚下,从脚底到脖子都映在悬崖上。这是从他出生起就一直陪伴他的忠实伙伴,随时随地灵活变化。但弗登还是无法看见影子的脑袋,那部分肯定是留在悬崖下了。为了让影子的脑袋显现出来,弗登又往后退了一步,但他已经退无可退。他的身后便是肖然不动的幽暗森林。于是他又向前靠近悬崖边,这一次他看到了影子的脑袋。影子的脑袋落在山坡上,变形成奇怪的椭圆形状。他的整个影子就像是一个佝偻的生物,一个顶着椭圆形状脑袋的婴儿,被山坡压弯了腰。弗登比之前任何时候都更清醒地意识到自己成长的残缺。就在这一瞬间,所有的影子都消失了。

弗登看见海岸巡逻队从一艘红色的摩托艇上下来,他的父母也在其中。因为海岸边有宽广的礁石滩,别的船只都无法靠近马雷克祈祷的地方。弗登想,那男孩的祈祷是多么虔诚,他的生命都为此牺牲了。就在此时,弗登的妈妈发出一声嘶哑的惊叫。弗登怔住了,他期待的声音终于到来,但没想到会是如此钻心刺骨,搅动着他全身的血液。他的泪水在眼眶中打转。弗登攥起拳头,抹去了自己的眼泪。

发现马雷克的那两个路人现在也站在船边,但他们的狗并不在那里。弗登看清了他们的样子,那是一对老夫妇。警察将目光转向悬崖,想看看马雷克是从哪里摔下来的。远处传来一些令人费解的声音,弗登这才意识到,自己在摩托艇靠岸时犯下了一个错误。他连忙趴在地上避免被其他人发现。他想要离开,想要离开悬崖,但要怎么才能做到呢?他决不能惊慌失措地跑来跑去。看来他只能先退回到森林里,这是唯一的办法。只有回到森林里,他才能神不知鬼不觉地起身逃走。当看到有两个警察顺着山坡爬上来时,弗登心里怦怦直跳。

几个小时之后,天色渐暗。弗登再次来到悬崖边。海浪声夹杂着发电机的轰鸣声,一小片海滩被重新照亮。弗登趴在地上朝下面看去,海岸上人未散尽,有三个取证的工作人员在交叠的光束间来回走动,每个人都有四个影子,就好像迷你体育场里的球员一样。有时他们也会走出被照亮的海滩,到光明之外的那片黑暗中继续活动,时走时停。弗登看向海面,海岸巡逻队的船只随着海浪起伏,可以听到海水轻轻拍打在船体上发出的响声。有时候海风还会吹来一阵低语,就好像在证明虽然沙滩上没有设备了,但仍然有人还在调查。

弗登在悬崖上待得越久,就越注意到那块石头的存在。它就位于调查区域的正中央,现在上面的马雷克已经不在了,因此它显得特别平滑。那块石头被人注视,被人触摸,被人一遍遍地打量研究,仿佛它是圣物一样。弗登猛地在悬崖边站了起来,他已经不再害怕自己被任何人看到了,而且也不相信此时父母还在暗处用眼睛搜

051

寻着他。他回忆着之前的每一个细节。他没来得及给马雷克穿上自己的衣服,因为路人很快就来了,还有花狗在大叫。他把赤身裸体的马雷克留在那里,而自己换上了马雷克的衣服,还夹着自己原来的衣服跑到山上。现在他身上都是曾经属于马雷克的东西:他的内裤、牛仔裤、衬衫、外套和白色球鞋。而弗登自己原来的衣服、鞋子和钱包都被他留在悬崖上,留在马雷克放置球鞋的位置。弗登穿过黑暗来到那边,发现自己的东西都不见了。他的衣服、他的那层皮囊都已经消失不见,一切木已成舟。

5

　　弗登睁开眼睛，阳光直射到脸上。他首先看见的是一双过大的白色球鞋，那就像是小丑的鞋子一样穿在他的脚上。他立刻清醒过来，猛地起身，前方就是陡峭的悬崖边。他肯定是摔倒了，像动物那样在奔跑时狠狠地摔了一跤，因此才没有回到森林里。他感觉自己身体正在发抖，不知道是因为恐惧还是因为寒冷。面前的地上放着马雷克的外套，看起来就像是一团光球。他小心地把它拿起来，不禁想起生物老师在前段时间给他解释过的某种生物本能。如果一个人睡在悬崖边，一部分身体悬在空中，比如手臂，那么这个人会在睡梦中翻身到安全的一侧。这种生物本能可以让原始社会时期的人类在树上过夜，从而不用担心被猛兽袭击。弗登突然想到，这只适用于赤裸的身体。如果睡在睡袋中或者身体被什么东西覆盖，那么你的生物本能就不会再起作用，只能听天由命了。弗登穿上外套，思考着一个熟睡的人飞速坠落时会不会醒来。事实上，生物本能构成的保护系统还不够健全。他的生物本能究竟有没有保护过他？这诡计多端的玩意儿是不是一直想把他干掉？

弗登坐了下来，蜷起身子想要让自己暖和起来，但不起作用，他还是感觉越来越冷。他注意到昨晚被他的脑袋压扁的草丛又再次竖立起来，仿佛从未受过重压。难道他的脑袋轻得像气球一样吗？显然这是不可能的，每个人的脑袋都是压在自己身体上的石头。他的生物老师总是一副压力大的样子，从未显露过任何喜悦和轻松。

年纪轻轻却愁云满面的生物老师经常在上课开始时给他们讲一些有趣的故事，引发大家对于新问题的兴趣。一旦需要深入研究或者进行独立学习的时候，同学们就会怨声四起。如果生物老师要求大家保持安静（尽管他从未这么做过），那么他一定就会在下课后被大家说坏话，弗登对此非常确定。多年来，他一直和一群糟糕透顶的人生活在同一个班级、同一个学校，直到学期的最后一天。弗登望向下方的那块石头，灰溜溜的石头依然躺在那里，看起来毫不起眼。这时周围的隔离线已经没了，整个海滩空无一人。

　　弗登想，他在那个班级学习生活是一件正确的事，毕竟自己没有一点儿比他们优秀的地方。他感觉自己越来越冷，于是搓着自己的手臂，它们看起来像木头棍子或假肢一样。空空如也的胃也在隐隐作痛，弗登真想跑到缅济兹德罗耶那边，到小摊前填饱自己的肚子，但这样的想法并不现实。弗登看向天际，落在海面上的太阳看上去虚幻又渺小，黄黄的像是个脓包。现在几点了？

他想看一眼手表上的时间，才想起自己之前把手表放在那堆原来的衣服里了。

尽管他像螺旋桨一样活动着手臂，但还是感觉到冷。他的手冻僵了，于是弗登把手揣到外套的兜里，恰好右手摸到了马雷克的钱包。他掏出钱包打开，发现里面一毛钱也没有，就连一枚硬币都没有，只有两粒纽扣。弗登把钱包丢到地上，一脚踢开。但过了一会儿，他又弯腰把钱包捡了起来。他做了那么多事，却忘记把格尔德先生给他的钱从自己的钱包里拿出来。他真是个笨蛋，一个无可救药的笨蛋。弗登把马雷克的钱包塞回口袋里，走进森林。

森林里铺满了去年落下的山毛榉叶子，形成一地模糊的红色。这幅场景看得弗登头晕眼花，当然这也可能是因为饿的。弗登觉得很饿，但他清楚饥饿不算什么问题。他和他那些愚蠢的同学一样，从来没有担心过饥饿。那些家伙在超市偷窃时，并不把面包放在眼里，只关心糖果和啤酒，当然还有香烟，特别是香烟。弗登停下脚步，点燃一支香烟，然后又继续前进。

太阳升得更高了，阳光像长矛一样从树冠的缝隙中刺下。有些光线在眨眼间又被迅速收回，再快速射向别的地方；有些光线则在那里一动不动，仿佛已经锁定了目标。弗登觉得天空上一定有位正在俯瞰大地的猎人。他将外套脱下来，用袖管把外套扎在腰间。他已经不再感觉到冷了，热气正在树木间散发，像一张看不见的网缠住了他的脚步。弗登停了下来，之前他并没有仔细注意到这些山毛榉，但现在他感觉这些树皮上的"眼睛"正在监视自己。

不只是饥饿，弗登也感觉自己口渴难耐。他再次起程，并试图通过科学知识让自己冷静下来。他试图想起血糖调节过程，但想不起来与胰岛素相对应的激素是什么了，正是这种物质让他的身体在此刻释放出肝脏中储备的糖，阻止胃部的痉挛。糖回到血液中，促使血糖水平升高，而脑细胞就能像在马厩中休息的马一样重新获得能量。他的生物老师在之前就是用马做比喻，向他们解释血糖调节过程的。弗登自始至终都很喜欢这个描述，但他还是想不起来与胰岛素相对应的激素叫什么，那种刚刚向他伸出援手的激素。虽然胃痛得到了缓解，但叫出那激素的正确名称似乎更重要。弗登用拳头拍了拍自己的脑门，他很讨厌这种苦思冥想的情况。他喜欢一些名称，但总是记住一大堆不相关的词语，这让他既纠结又深恶痛绝。他的大脑是个坏家伙，被一个同样糟糕的神经系统控制着。

弗登从悬崖处走进森林。这里的地面微小地起伏着，就像定格的大海波涛。弗登向森林深处走去，山毛榉的叶子覆盖着地面，从近到远都是相同的红色。他渐渐感觉自己像走在屠宰场中。当到达一处高地时，他回头再次看到了大海，大海像水银一样在林间闪耀。后面地势再次走低，森林的样貌也发生了改变，从血红色的山毛榉林变成了清冷的松林，就连鸟鸣声也没有刚才那么刺耳了。地面柔软而平缓，没有落叶，只有苔藓。弗登蹲下来，用手小心地挤着地上的苔藓，慢慢增加力度，但挤不出一滴水，只有小蜘蛛和小潮虫从里面逃了出来。

弗登继续往前走，尽管已经口干舌燥，但他依然想上厕所。他正站在一棵松树前解决，突然听到身后传来一阵动静，那是一阵短促而克制的笑声。他赶紧提上裤子，转身却看不到任何人，然后又听到一声浅笑。这次他的眼睛敏锐地捕捉到在旁边那棵树的后面藏着什么火红色的东西。弗登一动不动地盯着那里，然后发现躲在那里的是一位女孩。

那女孩还在发出笑声。她一边把手挡在眼前透过指缝偷看，一边从躲藏处向他走来。弗登想，那真是一片燃烧的火焰。女孩的模样让他想起了狐狸，自己还从未见过这么火红的头发。那女孩在他面前停下，把手从眼前拿开。又是一阵响亮的笑声，在四面八方回响。弗登像是被定住了一样。他想知道自己看起来是什么样子的，那女孩是不是因为自己的脸才笑个不停。弗登看不清她的模样，那张脸的五官仿佛杂糅在一起，最下方是张开的红唇，最上方是弯弯的、近乎白色的眉毛，中间是闪亮的眼睛和雀斑。弗登像观赏奇观一样看着她，自己有些不知所措。他的鼻头有点痒，于是弗登揉了揉鼻子。女孩的笑声像马在嘶鸣，可能她就是一匹马吧。弗登一边这样想，一边感觉自己的嘴角微微抽动了一下。突然间他似乎听到从远处传来另一个奇怪的笑声，而且那笑声正慢慢靠近自己。最终他意识到那是自己的嘴巴发出的笑声。那笑声起初还有些拘束，但后来自己笑得越来越放肆。弗登疯狂地大笑着，直到自己喘不上气，无法再继续笑下去。

那女孩也不再笑了，只是咧着嘴。弗登觉得她肯定还能笑很久，也许是几个小时，也许几天，只是为了照顾他的感受才不继续笑下去。当她把散落在面前的头发捋到耳后时，弗登看到她满面红光，比她的头发还红，而眉毛和眼睫毛看起来像是沾上了面粉或药粉。弗登坐下来，女孩也蹲在他的面前，继续好奇地打量着他。那女孩一直说个不停。在弗登看来，她的年龄和自己差不多大，或者自己要更大几岁，他并不确定。

弗登从女孩的话语中分辨出一个词,听起来很像是"玛娅"。是她的名字吗?弗登心头一震,但没有做出任何表示。那女孩又指向自己说着"玛娅"这个词,并满怀期待地看着他,但弗登依然无动于衷。于是那位自称"玛娅"的女孩朝面前的空气摆了摆手。这一举动把弗登吓了一大跳,此刻他有很多话都憋在心里,憋得满脸通红。他真想给自己一巴掌,给自己不听使唤的嘴唇和牙齿一巴掌。

玛娅又开口了,说出一连串的话,听起来像是一个完整的句子。弗登虽然一个字也听不懂,但还是从中听出了她对自己的关切。他不敢相信女孩在关心他,可看到的事实越来越证明那女孩确实在关心他。除了关心外,弗登从那声音中还听到了从未感受过的真诚和爱意,甚至还听到了自己的名字。这是真的吗?弗登睁开双眼,他都没有意识到刚才自己的眼睛是闭着的。他怎么会听到自己的名字?到现在他还一个字都没有说过。

玛娅向弗登伸出手,她的手心里放着几颗蓝色珠子,那是新鲜的蓝莓。弗登把它们小心地放进嘴里。玛娅笑了一下，拿起身后的篮子放到他面前。弗登接过篮子，大口吃着篮子里的蓝莓，感觉就像是在喝饮料一样。此刻，他体内的细胞仿佛都被蓝莓像熨斗一样熨平。

他把篮子里的蓝莓吃完后，玛娅又递来了一篮子的新蓝莓。弗登摇摇头表示吃不下去了。他虽然恢复了些许精力，但依然疲惫不堪，他的眼睛快要睁不开了。突然间，他从玛娅口中听到了"游客"这个词，不由得颤抖了一下，立马把脑袋摇晃得像拨浪鼓一样。不，他不是游客。

玛娅看着他，然后起身向他伸出手，像是想把他拉起来。弗登犹豫片刻，面对伸向自己的手，最终还是伸手回应了，但尽量让自己显得轻盈。他一站起来就松开了玛娅的手。弗登尴尬地低头看着自己，然后从外套兜里掏出一包香烟，抽出两支香烟，递给女孩一支。玛娅摇头表示拒绝，并用脚在干燥的地面上跺了几下，示意他在这里不能点火。弗登明白了她的意思，于是把香烟收了回去。玛娅点点头,把自己的头发扎成马尾,然后把那个空篮子递给他,自己则拿着另一个装满蓝莓的篮子。她打了个手势,让弗登跟着她。

他们穿过低矮的灌木丛时,弗登一直紧紧跟着她。他现在感觉良好,不饥饿也不口渴。玛娅的马尾辫在他面前甩来甩去,触手可及。尽管他们才走了几分钟,但弗登已经想再看一看玛娅的脸,期待着她的转身。

他们来到一处果园,四周都是弯着腰走来走去的老妇人。在繁盛的蓝莓树丛中,弗登几乎看不到她们的脖子。老妇人们在此时纷纷直起身子,想看看到底是谁来了。玛娅朝她们挥了挥手,她们也沉默地挥了挥手。弗登注意到她们的白色发髻像是从头上凸起的包。老妇人们又俯下身子,让自己的眼睛靠近蓝莓树。玛娅转身面对他(终于!),把食指放在嘴唇上叮嘱道:"嘘!"弗登点点头表示知道。

整个果园没有人说话,只有轻微的沙沙声和折断声。玛娅也开始采摘蓝莓,弗登尽力帮助她。他感觉这个地方被分成好几片区域,老妇人们正按照规定的路线在蓝莓树丛间忙碌,几乎不会相撞。过了一会儿,弗登不仅能听到鸟鸣和采摘的声音,还能听到老妇人们的声音,尤其当她们直起身子的时候。也许那些嘎啦嘎啦的声音都是从这群老妇人的身体里发出的,而不是折断蓝莓树枝发出的。玛娅从他后面推了他一下,看到他吓得把手收了回去,不禁笑出声来。玛娅似乎很喜欢和他开玩笑。

弗登看着玛娅走开,继续采摘起蓝莓,但篮子似乎装不满。他忙了半天,连篮子的一半也没有装满,就好像篮子底部有个看不见的洞似的。不过弗登无所谓,只要玛娅在身边就行。每次玛娅带着一大捧蓝莓回来时,都会对弗登浅浅一笑,然后让手里深蓝色的果子滚入他的篮子中,发出咕噜咕噜的声音。虽然弗登手上的篮子看起来很破,但对他来说这样的时刻真的很美好。当他直起身子时,看到玛娅在和那些老妇人挥手告别,而老妇人们也机械式地挥舞着手,身体随之扭动。玛娅离开了果园,既没有转头看弗登一眼,也没让弗登跟着自己。

她就这么走了。

弗登跑了过去,追上时接过了她手上装满蓝莓的篮子,同时也碰到了她提着篮子的手。玛娅若无其事地继续向前走着。弗登有意走得很慢,现在他的手上满是蓝莓的味道。玛娅又开口说话了,但没有转身。弗登觉得玛娅好像在让他去做什么,就像是在小声教导他一样。虽然弗登一个词都听不懂,但他还是像小狗一样跟在她后面。他感觉自己就像是一只流浪狗。

过了一会儿,他们来到路边。这里依旧深处森林中。有一辆老旧的摩托车停在路边,后面还连接着一辆挂车。玛娅转身一笑,把自己的篮子放进挂车里,让弗登也把篮子放进去。弗登照着她说的做了,然后玛娅向他要了一支香烟。

6

弗登把摩托车留在小镇入口处。他发现自己很难离开这辆摩托车，似乎自己已经和它融为一体，或是自己已经不再习惯于步行。现在他站在父母家院子里的坚果树下。天已经黑了，晚风呼啸。阳光房的灯光照不到这里，弗登感觉自己又累又冷。有一些坚果被风吹落，掉到车库顶上或者地上，发出不同的声音。这才到八月中旬，也许落下的坚果都是不健康的坚果。弗登看到一颗从树上掉下的坚果像小脑袋一样滚到自己面前。

手臂又开始痒了,他轻轻地挠着。弗登必须得再小心一点,他可不能再进一步伤害到被排气管烫到的右臂。过去两周以来,每次在草地、湖边或池塘边睡觉的时候,他都紧挨着摩托车,因为这样能使他一觉到天亮,就连梦也没有。只是有一次,熟睡中的他突然惊醒,在还没有反应过来发生什么事情的时候,就疼得蜷缩成一团。那时他的手臂被烫伤了,他赶紧跑到湖边把手臂浸入水中,疼痛感才渐渐消失。弗登躺在湖边再次入睡,到第二天早上醒来时,发现自己的手臂还浸泡在水中。他费了很大力气才把手臂从水中抬起来,感觉它就像是假肢一样。他用另一只手拍打了好几下自己失去知觉的手臂,总算恢复过来。烫伤的手臂始终是个困扰。弗登继续挠着自己的手臂,又给自己点燃一支香烟。烟气从鼻子里喷出的同时,也阻挡住了周围肥料的味道。这里一直都有这股味道,毕竟周围都是洒满肥料的田野。他的爷爷奶奶,也就是格尔德先生的父母也曾经住在这里,想必他们闻到过同样的味道。

弗登一口一口地吸着香烟。他把摩托车藏在了墓地的围墙后面,也就是背对着小镇的那一侧。围墙之外就是田野了,从那个方向进不了墓地,因为没有门。弗登想起来,每次他和格尔德先生、妈妈去给爷爷奶奶扫墓时,场面看起来都很荒谬。清理完坟头的杂草后,大家会一起望向围墙之外的远方。除了那片满是肥料的田野,还有什么好看的呢?墓地中没有什么好做的事情,毕竟这里的人都是死去的。在田野的地平线上,可以望见城里的巨大纪念碑。当外地人来到这个破地方,你又想宣扬这里离城里有多么近时,你就可以用食指把田野那边的纪念碑指给他看,并且大声叫出这座大城市的名字,至少妈妈就会这样做。她是在城里出生长大的,后来因为和格尔德先生在一起,才来到这座郊区小镇。

弗登吸了好几口香烟,他不愿也无法想象父母恩爱的样子。妈妈坚持要在城里生下他,于是他们在医院里待了四天,这是弗登听他们后来说起的。在弗登出生后,格尔德先生小心地把弗登和妈妈安排在汽车里，开过满是肥料的田野回到这个家。他们彻底被困在了这个破地方。弗登越想越激动，不由得颤抖起来。他是在这里长大的。他在这里踌躇了十七年，结果才逃离两周就又回来了。他做不到，做不到就是做不到。

弗登越过坚果树望向空空如也的阳光房。父母不在那里，一切都很平静。坚果落在车库顶上的声音渐渐稀疏。车库顶上盖着几层毛毡，下面停着格尔德先生的红色福特汽车。弗登想起，几年前的时候格尔德先生曾有一次冒着冰雹到城里去。后来格尔德先生讲，那是一个安静的夏日午后，公司组织外出进行团队建设活动，突然天上毫无预兆地下起网球大小的冰雹。格尔德先生那辆行驶在空旷地段的福特汽车难免要被冰雹乱砸一通。这是多年来他唯一一次看到格尔德先生哭丧着脸。那时格尔德先生没有及时把遍体鳞伤的汽车开进车库，他看起来像是在流泪，声音听起来也变得微弱而沙哑。

弗登背靠着树干蹲下，恰好两颗坚果此时从树上落下。格尔德先生恨死了这棵坚果树。在夏天，这棵树挡住了天光，结出的坚果多到让人反胃，而到秋天，树上又飘下太多落叶，让周围的草地变得萧条，简直是在糟蹋环境。但并不会有什么因此而改变，不管格尔德先生有多么怨恨这棵树，这棵树依然好好地活在这儿。这多亏了妈妈，虽然她能做主的事情不多，却把相当多的执着都献给了这棵顽强的树。弗登捡起身旁的一颗坚果。坚果的外面是一层柔软的深色果皮。自他记事起，打扫坚果和落叶的任务就一直落在他的肩上。格尔德先生总夸他干得好，可这种夸奖对他来说毫无意义。尽管他们两个人同样都讨厌这棵树，但这并没有让他们有过共同语言。这么多年来，他不曾向格尔德先生诉说过什么，任何他觉得有价值的想法都没有透露过。弗登觉得自己就是这个世界上最大的"守财奴"，永远活在自己的想法里。他扔掉手里的坚果，把香烟在树干上摁灭，然后站起来。他想，这一切都是因为自己的沉默，都是自己的错。

当弗登看到父母时，他们正安静地坐在阳光房里，坐在椅子上。父母间的白桌布在灯光下无比耀眼。弗登盯着父母被灯光照亮的脸。在桌子和玻璃间的是妈妈种的棕榈树,他们像往常那样坐在树下。弗登不禁笑了,他发现自己突然对这两张脸很感兴趣,也许他本就对所有的脸都感兴趣。他曾经透过头盔的防紫外线镜片观察其他人。他们在镜片中看起来发紫,好像患了病一样。他常一而再再而三地到加油站偷油,其间从不把头盔摘下,因为他怕自己被人拍下刊登到报纸上,这样就有可能被人认出来了。他偷过食物,那头盔也是他偷的,什么都是他偷的,他本就是生活的小偷。弗登从地上拿起摩托车头盔,满是厌恶地看着它,然后像是砍掉了自己身体的一部分似的,将它扔进一旁的黑加仑树丛里。

弗登匍匐了一段距离,来到草地边。他慢慢靠近亮着灯光的阳光房,避免被人发现。隐蔽在草地里很容易,他不记得院子里的草丛曾长过这么高,都盖过他的额头了。他感觉好像有千百根满怀好奇心的小手指头触碰着自己的脸。草丛的高度比任何表情都更能说明格尔德先生的状态。

弗登越靠近阳光房，格尔德先生和妈妈就越隐入棕榈树的叶子中。他边走边想起自己小时候的事情，那时他也会匍匐前进。他喜欢在乖乖上床睡觉后再偷偷溜出来，几厘米几厘米地经过不同的地方，爬向客厅，爬向电视机。慢动作真是一种折磨。电视机上正在播放着电影，他早就听到了声音却看不到画面。他要耗费数不清的时间，才不会发出一点声音，才不会暴露自己。他有多少次在最后关头前功尽弃，被严厉地送回到房间内——应该说是被扔回到房间内。对，那情景依然历历在目。

有一次，发现他偷跑出来的爸爸不禁笑了起来。那时弗登都已经爬到沙发旁，悄无声息地爬到父母背后，只因为格尔德先生想从厨房拿些吃的才意外发现弗登。格尔德先生笑着让他看了十分钟电视，然后亲自把他送回到床上，而不是扔回去。

"小鬼头。"那时格尔德先生一边用手梳理着他的头发一边说道。弗登一边在草地里前进一边回忆着。他记得那时自己对于"小鬼头"这个称呼很骄傲，在听到这个称呼后就心满意足地睡着了。到第二天早上，他勇敢地问格尔德先生昨晚那部关于地震的灾难片的结局是什么。格尔德先生告诉他，电影的主角都活了下来，就连小男孩也活了下来。多年后，他又完整地看了一遍那部电影。电影中的小男孩确实活下来了，但他的父母被埋在废墟里，从此以后再也没有出现过。

弗登已经来到露台边，他看见父母的脚一动不动地放在桌子底下，就好像木头一样。他盯着他们的脚，想到自己应该对格尔德先生当年的谎言心存感激。作为一个总是偷偷摸摸的小孩，如果得知电影里的男孩失去了自己的父母，一定会被这种剧情震撼到。

某一刻，父母几乎同时起身。弗登看到藤椅在油毡上移动，但听不到往常那种吱吱啦啦的声音，因为阳光房的门是关闭的，为了防止蚊虫的叮咬。妈妈的脸突然出现在玻璃前，像是一条苍白的鱼。她触碰玻璃的额头仿佛凹下去一块，眼睛正看向黑暗。弗登紧紧贴在地上，感觉草丛像手术刀一样刮着自己的脸。他闭上眼睛，从一数到五十，然后再睁开眼睛。妈妈依然一动不动地站在那里，脸庞看起来模糊不清，但依然不失美丽。弗登开始明白，妈妈不是在看向外面，而是在看向自己的内心。她早已对外面的一切漫不经心。格尔德先生从旁边靠近她，握住她下垂无力的手，拉着她离开窗边，关上了灯。

弗登感觉自己呼吸困难，像是有什么东西堵在嗓子眼。他翻过身仰望天空，集中注意力试图调整好呼吸。他的目光追随着正在星空中划过的几架飞机。北斗七星的勺柄部分卡在坚果树的树杈里。有一只蟋蟀正在努力鸣叫，想要对抗从四面八方向它袭来的无穷寂静。那寂静来自天空和大地，来自房子和坚果树，来自弗登的父母和黑加仑树丛，来自草地上的每一株草，来自每一个角落。那是一种让人无法忍受的寂静。他站起来走向车库。在车库门旁边的小盆栽里有家里的备用钥匙。

7

弗登站在用作衣帽间的玄关内,脱掉鞋子,然后走进屋里。四周一片漆黑,但父母身上的气味弥漫在空气中。他深吸好几口气,又停下脚步,不知道接下来该怎么办。眼下他已经无路可退。弗登向前走了三步,摸索着小心地坐在了浴室门口的老式木椅上。他小时候曾问过妈妈,这是不是国王的宝座,因为比起家里的其他家具它看起来无比华贵。妈妈告诉他这是她的家族传承下来的宝贝，不要坐在上面，因为木椅上的锦缎很脆弱。锦缎，他当初听到这个词时就很喜欢它，到现在也一样。那时的他不愿接受妈妈的解释，一直问她这是不是国王的宝座，家族是不是有王室血统。妈妈解释了好多次，最终还是选择屈服。是的，这可能就是国王的宝座，他们家可能具有王室血统。这样的结论让弗登感到无比开心。在很长一段时间内，他常偷偷地坐到这把老式木椅上，一次又一次，通常一坐就是很久。这样的情况一直持续到他的观念发生改变时。那时他清醒地意识到，这个家里的一切，包括妈妈、爸爸和他自己，所有的事物在血统上从来都和国王没有任何关系，从来都没有。

弗登坐在"王座"上，旁边是挂在墙上的镜子。他看到各种轮廓慢慢从黑暗中显现出来：通向父母卧室和自己房间的楼梯、吊灯的影子以及旁边中国风格矮柜上的干花。中国风格矮柜的最上面那层的抽屉被拉开一半，里面有钥匙、围巾和手套。距离他脑袋很近的地方有什么东西在发出微光，原来是卫生间的门把手。视线转到客厅深处,他看到厨房的门把手也在微微发光,那光芒仿佛来自一个遥远星系。

弗登起身穿过过道走进厨房。他打开冰箱吃了一片奶酪,又把冰箱门关上。弗登转身看到餐桌上放着几张纸,这些泛着光亮的长方形物体在黑暗中格外显眼。弗登把它们拿到冰箱前,再次打开冰箱,翻阅着那些格尔德先生的同事和亲戚寄来的吊唁信。他望向亮着灯的有些空的冰箱,信纸从手中滑落到地上。弗登想,如果现在妈妈看到他,一定会让他把冰箱门关上,她受不了有人把冰箱门长时间打开。按照她的想法,每个人应该在打开冰箱门前就想好要吃什么,然后赶紧把东西拿出来关上门,这样就不会损坏冰箱的压缩机。弗登关上了冰箱门,又把信纸放回到桌子上。他站在那里。看着厨房时钟的指针慢慢转动。现在时间刚过午夜十二点半。为什么时钟的指针要做成夜光的呢?弗登不知道,或许时钟的指针就是为了这一刻:他正站在黑暗中,迷失方向。然后弗登转身轻轻走上楼梯。

父母正在熟睡。弗登站在他们的床边，心脏跳得飞快。两人都平躺着，被子几乎盖到肩膀处，被子下面的手臂和腿像倒下的柱子一样，只有格尔德先生的左臂还露在外面。那左臂从妈妈的脖颈下穿过，在她脑袋的另一侧弯曲，手臂的尽头是一只微微张开的手。在妈妈深色睡衣的衬托下，格尔德先生的手就像是一把亮闪闪的铁锹。他们看起来如此恩爱。弗登俯下身听着他们的呼吸。格尔德先生发出轻轻的哨音，仿佛脑袋上有一个开口似的，而妈妈则无声无息，就像关机了一样。床头柜上的闹钟嘀嗒嘀嗒地响着，声音如此响亮。弗登惊讶自己在之前从没有注意过闹钟的声音，他希望父母不要被它吵醒。

他走到窗边，望着夜风中微微摆动的黑漆漆的坚果树。格尔德先生之所以痛恨那棵树，也是因为它发出的声音太吵了，尤其是在晚上，导致他必须关着窗户睡觉。弗登可以理解格尔德先生为什么会有这样的想法，卧室里确实太闷了。他转过身，又看了一眼父母的床。在他眼中，卧室里只存在各种灰色，仿佛是一幅铅笔素描画一般。然后他目光垂下，卧室的地毯还是在度假前新铺上的——正如格尔德先生所说，这种地毯的料子比之前的更好，更耐磨也更柔软。弗登觉得，在度假之旅后一切的事物仿佛看起来都有意义了。他悄无声息地走在柔软的地毯上，来到妈妈的位置旁。妈妈就像一个娃娃一样躺在那里，就像一个白色的人偶。她是怎么入睡的？也许是吃了什么药吧。弗登不禁想起之前的某段日子。那时他在学校里特别不开心，整天都期盼着夜晚降临，期盼着失去感觉，期盼着远离自我。

所有动物都要睡觉，尤其是在痛苦的时候更需要梦境，需要抚慰人心的生物电流。妈妈的眼皮开始跳动。弗登用手指按着太阳穴，意识到这不是幻觉，妈妈其实是在做梦。她的眼球在眼皮下转动，她的心也怦怦直跳。渐渐地，她的脸上恢复了些许生气，而身体的其他部分依然像是一动不动的坚硬材料。妈妈的嘴角略微上扬。她是在微笑，就像圣母玛利亚一样。他突然感觉自己的嘴好像和妈妈的嘴联系到一起，因为他的嘴角也在上扬。但过了一小会儿，妈妈的脸又恢复成那副毫无生气的样子。

弗登大惊失色，想伸手抓住妈妈，抓住她的梦和她自己，但为时已晚。妈妈的嘴唇紧紧抿着，只剩下两道深灰色的线。他听到了一声呜咽，声音轻微又颤抖着，然后变得越来越响亮。格尔德先生一动不动地躺在旁边，好像除了窗外的那棵坚果树，再也没有什么声音能打扰他，好像他的身体被封印在紧闭的窗户里，被封印在这隔音的"玻璃棺材"里。现在妈妈的鼻孔开始张合，仿佛叶片上鲜活的毛毛虫。妈妈的哭声越来越大，也越拖越长，像是用力从鼻孔中挤出来的一样。弗登想，也许妈妈在梦里寻找着他的味道，呼唤着他？也许那是来自深海的声音，就像鲸鱼会发出特定频率的声音来寻找幼崽？他得马上游到她身边，下潜到她身边。弗登想要抬起自己的手臂，走上前，把手放在妈妈的额头上，但他做不到，他全身都僵住了。

格尔德先生那只亮闪闪的铁锹般的手突然好像水草一样张开，开始慢慢移动起来，沿着妈妈的睡衣摸索。他的眼睛还是闭着的，但手正仔细地把妈妈的哭声顺着鼻孔送回到黑洞洞的大脑里。弗登感觉闹钟的嘀嗒声突然像锤子一样敲打了他一下。他的身体传来一阵剧痛，但四肢又可以动弹了。弗登意识到自己正在后退。他正在渐渐远离父母的床，或者说父母的床正在渐渐远离他。无论何时，他和父母之间都相隔重洋。浪花飞溅到他脸上，弗登伸手擦干自己的脸。他离开父母的卧室，然后来到自己的房间，迅速把门关上，就好像刚刚逃出一场风暴。

在他面前还是从前的那个世界，一点儿也没改变。他的书桌、衣橱、带储物格的床以及书架，都是桦木贴面的宜家家具。弗登在黑暗中坐到床边，坐在他的"桦木棺材"上。他把眼睛眯起来。床上摆着他小时候的毛绒玩具，一个挨一个地紧紧码放在一起。他用手简单地摸了一下它们，然后又用手指抚过它们的硬纽扣眼睛，随即这些毛绒玩具就一个个倒下了。它们怎么了？它们的内在力量到哪里去了？弗登耸了耸肩，走到鱼缸旁。他打开灯，鱼缸里的孔雀鱼和剑尾鱼立刻开始疯狂游动起来，这些鱼并不熟悉弗登，所以看到他的时候没有欣喜，只有惶恐。这些鱼是格尔德先生在大约四年前的时候送给他的。那时格尔德先生一边告诉弗登这些鱼和他一样不爱说话，一边像平常那样拍了拍他的后背。弗登每天都会喂这些小鱼，但鱼缸对他来说也只是一件会发光的家具，他从未真正接受过这个礼物。他把手伸进书桌的一个抽屉里，从里面摸出一些钱放进自己的兜里。几年前的时候，他曾在学校里被问过这样一个问题：如果房间着火了，你只能带走一样东西，那你会带走什么？那时弗登答不上来，现在也依然答不上来，尽管他周围的一切都在熊熊燃烧着。他关掉鱼缸的灯，离开房间。妈妈的哭泣声已经听不到了。他走过父母的卧室，然后下了楼梯。

到了厨房，他从最上层的抽屉里拿出一个开罐器和一把勺子，然后又从楼梯进入地下室。地下室中储备了足够多的罐头。他打开了一罐豆子罐头，把开罐器藏在洗衣机后面。瓶装的矿泉水也囤在这里。弗登从里面拿了一瓶。家里的许多东西都会被清点，但罐头和矿泉水除外。他打开地下室通往院子的门，出去后把身后的门关上，然后走过草地。外面下雨了。邻居家那边有一个树屋，他要去那里。

弗登坐在一张老旧的蓝色床垫上，用勺子舀着冷豆汤吃。四周都是小孩子的宝贝：弓箭、娃娃、汽车、羽毛和收集来的石头。他小时候一直想要一个树屋，但这个梦想从来没有实现过。格尔德先生都准备好要造一个了，但妈妈担心他摔下来，所以梦想破灭了。那个沉默寡言的女人又一次赢得了胜利。两年前邻居给自己的孩子建了个树屋，但已经太迟了，弗登过了和邻居小孩一起玩闹的年纪。

雨越下越大，敲打着屋顶，但树屋里一点也不潮湿。邻居用对了油毡顶，保证屋顶滴水不漏。弗登大口吃着豆子，聆听着雨的声音。格尔德先生肯定也能给他造这样一个防潮的好树屋，他对此毫不怀疑。他躺在蓝色床垫上，目光沿着屋顶一直看向最上方。尖顶的树屋是如此特别。弗登想象着从此以后自己安家于此，不禁笑了起来，然后他就睡去了。

8

一声疯狂的吠叫传来,弗登睁开眼睛,发现自己还躺在树屋中。此时天空已经明亮,狗吠声正从下方传来。他慢慢直起身子,昨晚他忘记邻居家还有一只胖乎乎的杂种刚毛腊肠犬。这下自己被困在这里了。他小时候有一次想把球从邻居家的篱笆里掏出来,手刚刚越界几厘米,那只名叫"罗比"的刚毛腊肠犬就咬住他不放好几分钟,害得他的伤口缝了六针,到现在依然可以看到疤痕。那条胖乎乎的杂种狗叫得声嘶力竭,想要揭发他的罪行。弗登用拳头捶着胸口,试图让自己平静下来,但这并不管用。邻居穿着一件黑西装从草地上跑了过来。弗登坐在床垫上,透过树屋墙上的洞向外张望。邻居正站在罗比的旁边向上观察。那狗像疯了似的,邻居想让它老实点儿,但它叫个不停,抓挠树干,把尖尖的鼻子冲着上面拱。

弗登把头缩了回来。他看着透过几丝光线的木板,心想如果自己在这时候被人发现,那也不是什么坏事。事实上,他之所以回到家中,不就是想让别人发现自己吗?想到这里,弗登的内心稍稍平缓一些。他又从树屋墙上的洞向外张望,看到邻居正气呼呼地骂着:"每次看到野猫就要乱叫!"邻居轻轻给了罗比一脚,让它别再抓着树干,又给它系上狗绳,把它拉走了。弗登听到邻居临走时还在问罗比,问它是不是患了肾结石或者胃溃疡,为什么它总是这么暴躁。没过一会儿,他们就进了屋子。

每个人都有自己的事情可做,那自己呢?现在自己该做什么呢？难道要"死而复生"吗？弗登站了起来，脑袋猛地撞到了树屋的屋顶上，很快就感觉到疼痛。他用帐篷换了一个儿童屋，用一整片森林换了一棵树，他觉得自己肯定是傻了。弗登弯着腰走到门口，看见梯子就在眼前。他该下去了，可下去后又要做什么呢？也许答案很简单：他会慢慢走过草地，不紧不慢地爬过篱笆。然后呢？他会走向父母家，绕着房子走上一圈，最后在门口坐下，就好像一只在波兰走丢的狗终于找到了回家的路。他应该坐在父母的门前啜泣。对，就这样。他的新任务就是拼命地哭，这样他们就会让他再次进屋了。

弗登靠近屋子后方时听到了车库里传来了引擎的声音，他立刻全身缩成一团，好像身体只剩下肌肉而没有骨头一样。他弓着身子跑到地下室门口，匆忙打开地下室的门。当他走到地下室的楼梯上时，听到妈妈在头顶过道里走动的脚步声。随着咔嗒一声，她关掉了卫生间的灯，然后用钥匙紧锁大门。弗登跑到楼上的厨房里，望着前院和马路。黑色的人影在他眼前慢慢移动。他想立刻冲出去拦住他们，但有什么东西定住了他。那是一种看不见又很沉重的东西，让他只能一动不动地看着。

格尔德先生把福特汽车从车库里开了出来，来到马路上，又关上了车库的大门。然后他下车为妈妈打开副驾驶位置的车门，飞快地亲了一下她那好像被白雪覆盖的脸颊。最后格尔德先生回到了汽车内。车内漆黑一片，只有两个白色的光点在闪烁，那是父母的脸，小而满是褶皱，仿佛镶着一圈红色的金属边。现在必须出去了，立刻马上出去。弗登这样命令自己，但他感到呼吸困难。

格尔德先生挂上挡，将一只手放在妈妈的大腿上，将另一只手搭在方向盘上，单手把汽车开远。他开得很慢，渐渐驶出了弗登的视野。弗登没有离开原来的位置。他的面前只剩下一幅乏味的画面：蓝色的天空、黄色的太阳、红色坡顶的房子、开着各色花朵的院子以及棕色的篱笆。只有孩子才会画出这么差劲的作品，也只有他的家长才会把这么差劲的作品挂起来。但今天他们埋葬了这个不争气的孩子，今天他们让他入土。弗登意识到，他们正驾车而去,准备将他永远埋葬。他再次蜷缩成一团,然后闻了闻自己的手臂。他的身上正在散发出泥土的味道,味道不仅来自身上的衣服,还来自他的皮肤。

弗登坐进浴室的浴缸里。他的右臂又开始疼得火辣辣的。他把它抬起来悬在浴缸边,就像伸出的一根枯枝。弗登让身体浸泡在水中,直到肌肉慢慢松弛下来,下水时身上的鸡皮疙瘩也消失不见了。浴缸里的水又清澈又温暖。弗登在浴缸里滑了下去,让水漫过自己的脖子。他全身都缩进水中,就连脑袋也潜入水中。当他再次浮起时,脸上挂满了水滴。弗登想,那水滴好像是脸上的肌肉正从自己的脑袋上脱落下来,感觉痒痒的。浴室的百叶窗几乎是关着的,灰尘颗粒在几束光线间翩翩起舞。弗登闭上眼,试图什么都不想,但无法做到。

过了一会儿,弗登直起身子,因为他发现自己正在颤抖。也许是因为水变冷了,但在这么短的时间内不太可能;也许是自己的皮肤出了什么毛病,无法感知到正确的温度;也许是根本没有颤抖的明确原因,自己对于任何事情都找不到合理的原因。大脑是用来做什么的呢？基本上没有什么事情可做，也没有什么需要它真正了解，哪怕它充满科学知识也还处在黑暗中。大脑是一个机器，但让机器和机器之间相互理解，器官和器官之间相互理解，可能并不是造物主的本意，谁也没那样设计过。这种情况就像猫咪会不停地转圈，追逐着自己的尾巴，却永远抓不到一样。生命一直处在极度受限和精神匮乏的状态中，无非再加上重力以及一对作"眼睛"的简单小孔成像镜头。弗登打了个喷嚏。他想起自己还悬在浴缸上的右臂，把它收回到水中。右臂不再感到火辣辣的疼，身体也不再颤抖。弗登想继续思考下去，却找不回之前的思路，它们都已经过去了。他深吸一口气，思考着自己现在不再颤抖这件事，这就是新的思路，而之前的思路已经消失在他的脑海深处。这就像潜水一样：如果一个人不想溺死，就得浮出水面换气；如果一直坚持某种念头，就会窒息过去。

　　弗登走出浴缸，换上新衣服。他不觉得自己改头换面了,只觉得自己像是一具新鲜的尸体。他不喜欢强迫自己吃东西,但还是决定吃点什么。他给自己热了一个罐头,并打开电视机。电视机上正在播放F1赛车比赛。根据比赛判断,今天应该是星期天,他是在星期天下葬的。在F1赛车比赛中,时不时地出现引擎故障或者比赛事故,而法拉利车队的两位赛车手都还在正常参赛中。赛车手迈克尔·舒马赫位列第三,但他已经完成第二次停站。法拉利车队的红色在西班牙的阳光下红得像鲜血一样。弗登拿勺子吃着一罐塞尔维亚杂烩,那是格尔德先生的最爱。格尔德先生囤了好多这种罐头在地下室的架子上,尽管妈妈很会做菜。有一次弗登和格尔德先生在面对这些罐头的时候,都不禁笑了起来。弗登问格尔德先生囤这些罐头是不是因为害怕爆发核战争,他们再次大笑。妈妈看起来也很高兴,为他们做了一大桌子美味佳肴,尽管那不是在周末休息时间而只是周中。

弗登一边吃着塞尔维亚杂烩,一边喝着水。舒马赫失误了,驾驶着赛车冲进缓冲区,一些赛车的零件在画面里到处乱飞，紧接着播放的是这场事故的慢镜头和解说。赛车的扰流板没了，悬挂系统也看起来很糟糕。舒马赫驾驶着损坏的赛车进入维修站，结束了自己的比赛。弗登把空盘子放在扶手上，关上电视机，走进厨房把盘子和刀叉洗干净，然后又把餐具都整齐地放回到橱柜里。他来到浴室最后检查了一遍，新挂上一条干净的毛巾，并拿起脏浴巾把浴缸擦干。他在厨房的窗户边坐下，看向前院。

随风而来的锦葵和往年一样在院子入口旁生根发芽，现在已经长得超过两米高了。弗登喜欢锦葵，它们不像玫瑰看起来那么装模作样。他想现在就站到锦葵旁，近距离观察它们的花朵，但他不敢这么做。不过，他已经在心中看到了花朵的模样，如此清晰，就连他自己也没料到。他看到大花瓣上的细微纹路，仿佛是血液在流动一般，再往下是浅绿色的花萼，所有花瓣都簇拥在那扁平的小漏斗里。但花瓣与花瓣间并非严丝合缝，可以看到大小相同的椭圆形空隙，就像是一个个五角星形状的小窗户。阳光从花萼后面照射过来，仿佛是透过绿色的玻璃碎片，为花蕊笼罩上一圈幽幽的光。所有花蕊都集中在一根花梗上。锦葵从花梗一半的高度开始向四周长出花蕊，而且越往上花蕊越多。大部分花蕊都朝向天空的方向，也有一些垂下的，看起来像是定格的喷泉……

弗登不再专注地去想象锦葵的模样。他看着自己的右手正把餐桌上的果盘挪开一些，摸出下方的报纸剪纸。弗登想，好像每个人无法长时间专注在想象美好的事物上。那张报纸剪纸不大也不小。

"活在亲友思念中的人并没有死去，只是在远方。被遗忘的人才是真的死了。2006年8月2日，我们亲爱的儿子……"弗登看到自己的名字旁有朵玫瑰，"被夺去了年轻的生命。在爱与悲伤中告别……"弗登将那张剪纸折了起来。他的大脑告诉自己，他彻底玩完了。

9

弗登坐在挂车里,看着在森林边坐成一排的老妇人一个个从眼前闪过。他想,是不是她们就是自己在果园里看见的那些人,是不是她们抄近道来到路旁,但弗登看不清她们的脸。摩托车带着噪声向前行驶着,时不时地还会熄一下火。弗登一会儿看向自己下方七拐八拐的道路,一会儿又看向前方的女孩。玛娅正坐在他的前方,在一片尾气中,她的头发染上一丝青色。她不时转身对他笑着，大声地说些什么，但马上声音就被噪声所掩盖。她就像是一幅全息影像一样，只能看得见但摸不着。

弗登把篮子夹在两腿间，双手抓着边沿。在急转弯时，挂车的一个轮子总是会抬起来一点，弗登就会看到自己苍白的指关节紧扣在篮子外侧。他尽量保持篮子不会倾倒，于是两腿夹得更紧了，但每次转弯时都会有蓝莓从篮子里滚出来。他感到越来越紧张。弗登真想吸一支香烟，可腾不出手。那些铁锈色的树干后面偶尔会闪过一片湖泊。有一次他们还经过一排高高的篱笆，篱笆高到让人以为这里养着恐龙。

终于离开森林了，弗登松了一口气。就算烈日像孵蛋的母鸡一样赖在他的额头上，他也觉得很高兴，因为他又看见地平线了。摩托车在田野间飙出了最高时速，排气管也不再发出突突突的声响。玛娅的辫子随风摇摆，最后稳稳地飘浮在空中。

他们沿着铁轨行驶，又好几次穿过铁轨，有时在铁轨左侧，有时在铁轨右侧，似乎道路无法决定他们到底要走哪一边。废弃的牛棚出现在眼前，擦肩而过时弗登透过中断的墙面看到里面空空如也。然后出现在他们面前的是一座小村庄，村庄里有破败的房屋和院子，还有一些锦葵。格尔德先生一直叫锦葵另一个名字——斯托克蔷薇。比起锦葵来说，斯托克蔷薇听起来一点儿也不柔美，让人感到不适。虽然到处都是鲜花和菜园，但这座村庄看起来还是比较荒凉，因为看不到任何动物或人。或许是因为正午的太阳太过强烈，所有石头做成的东西都在闪闪发光。

他们离开这座村庄，继续驶入一条长满栗子树的狭窄小路。栗子树上的叶子大部分都已经枯黄。弗登想起这世上有一种名叫"细蛾"的飞蛾，它会攻击身旁的栗子树，但是并不是要把这些栗子树杀死，而是残害它们的美丽。玛娅转身笑着指了指右边，又指指左边。在草地与旷野间生长着一片片灌木丛和低矮的树，就好像一座座孤岛。弗登昨天坐车经过这里时就注意到了它们。"昨天"——这个词现在听来是多么奇怪。那时他觉得这里是个藏身之处，现在也觉得这灌木丛中隐藏着一些牲口，比如牛羊，没准还藏着人。或许所有附近村庄里的人和动物都藏在了这里面，或许这些"孤岛"是这炎炎烈日下唯一还能忍受的地方。弗登闭上眼睛，想要放松下来，因为他觉得自己开始头疼。他感觉自己像是正在经过一片沉睡的土地。弗登的周围传来喃喃低语，他最终睡了过去。

玛娅减慢速度的时候，弗登睁开了眼睛。他们正穿过一条更宽的大道。弗登惊讶地看见他们的附近有一些汽车和人。他的目光落在两座蓝色拱桥上，前方大道左转后便通向它们。他想起自己曾和父母来过这边的拱桥。他们经过一个写着"沃林"的路牌时，玛娅把速度放得更慢了。她转身对弗登喊着什么，但弗登依然一个字也听不懂，那声音听起来就好像金属在碰撞。她的辫子又回到脖子后方。他们沿着大道缓慢前进。

沃林地区到处站着体型各异的人。他们站在那里想要干什么呢？弗登思考着这一问题。他试图集中精力去形成一个清晰的思路，但是办不到。弗登接着想，是不是沃林地区的人都可以在不被察觉的情况下移动。因为这些人不可能一直待在原地，这根本不可能，但弗登对于这个想法不是很肯定。人行道上的行人都穿着长衣长裤，也有几个人穿衬衫。他们似乎没有要到海边去的意思。弗登在某个房子的墙上看到了"旅馆"的标牌，下方有一个箭头，指向前方十米的地方。他觉得自己很好笑，因为在摩托车经过那里时他特意扭头去看那家旅馆，并没有看到有什么旅馆存在。

这里的集市和寻常的集市没有什么不同，只有很少的人，所有的东西都毫无遮挡地暴露在正午的烈日下，因为不远处教堂尖塔的火箭般的影子正好投向了与集市相反的方向。集市很安静，人们在货品中挑挑拣拣。皮草和鹿角的旁边陈列着各种蔬菜、水果、面包和肉类。玛娅继续行驶着，最后停在一片宽阔的住宅区内。

弗登像一具尸体一样待在挂车里，他在不知去往何方的情况下被一个红发女孩开着咣当咣当的摩托车带到了乡下。他本来觉得这没有什么不妥，可当他僵硬地从挂车上跳下，双脚再次踩到地面上时，却突然感到迷茫了。玛娅似乎注意到他的状态，冲他莞尔一笑，又指了指还在挂车里的篮子，然后独自走向一个单元门。弗登看着周围，这里到处都是破旧的楼房。他拿起篮子跟上了她。他感觉自己眼前的路越走越窄，刚才还认为这些楼房没什么稀奇的，现在每走一步都感觉这些楼房正从各个方向目光阴沉地监视着自己，想要挡住自己的去路。他抬头想要从天空中得到解脱，但现在就连天空看起来也不再辽阔明亮。

弗登走到楼梯前停下脚步，看向那些信箱。它们是木头做的，就好像鸟屋一样。而且这里不止有一个鸟屋，而是有一整排鸟屋。这些鸟屋下面码放着红色的暖气片，暖气片上残存着液体。他突然听见自己头顶上传来一阵窸窣声，马上就感觉有什么轻盈的东西落在自己的脑袋上。他放下手里的篮子，伸手去摸自己的头发，刚才落在脑袋上的是从墙上脱落下来的旧涂料和棕灰色的木渣。

他把这些垃圾从头顶扫落到地上,然后看向玛娅。刚才她一直站在上方的楼梯拐角处看着他,现在又走下几级台阶来到他身边。玛娅拿起篮子,然后突然抓起了弗登的手。

楼梯间有食物的气味,是卷心菜包肉的味道。尽管弗登讨厌卷心菜包肉,但在闻到食物味道的那一刻,他心中对那个女孩产生了信任。玛娅打开一楼的房门,弗登跟着她穿过过道,走进一间狭小的厨房。卷心菜包肉的味道瞬间消失了,取而代之的是一股海的味道,好像是海藻和海盐的味道。在这个小小的空间里似乎游荡着海风。玛娅把篮子放到餐桌上。弗登发现自己的手和玛娅的手牵在一起,于是惊讶地把自己的手收了回来。玛娅不禁大笑。她关上了向上打开的厨房窗户,然后一言不发地从弗登身旁经过,回到了过道里。

弗登看向四周,所有的家具都是白色的,地面也是白色的,而且很干净。整个厨房看起来很新,尽管不是很现代。他从厨房里看向过道,看到玛娅正探头伸进一扇半开的门,在和那个房间里的另一个人说话。弗登站在这里感觉有些尴尬,也不知道这种尴尬源于什么。他在那里一动不动地盯着玛娅的后脑勺。过了一会儿,玛娅转头看向弗登这边,用手势示意他在厨房等着自己,然后她进了那个房间,关上了门。

  弗登听到时钟指针转动时发出的清晰的嘀嗒声。过道里有一个空的衣橱、一个空的伞架以及一张空桌子。他没有在那里看到任何镜子,也没有看到任何时钟,总之那里没什么值得注意的。时钟指针还在嘀嗒嘀嗒地转动着。弗登看着玛娅走进去的那扇门,房门上方三分之一的部分装着一块毛玻璃。顺着透过毛玻璃的光线,可以看到一个略微扭曲的长方形光影投射在浅灰色的地毯上。过道里的其他房门都没有安装玻璃,相比之下它们看起来平庸而冷漠,令人望而却步。弗登想,或许正是从那些房门后面的房间里发出烦人的嘀嗒声。他试图从房门后面传来的低语中分辨出另一个人的声音,但他只能听到玛娅在说话。现在弗登的目光落在房子的正门上，正门依然开着，但他不想走过去把它关上。他又回到了厨房里，向窗外看去。锈迹斑斑的爬架立在空地的正中央，在他来的时候完全没注意到它。一定是自己刚才失明了，焦虑得失明了。他坐在塑料椅子上，看着自己没有戴手表的空手腕。他总是忘记现在自己已经没有手表了。厨房里没有时钟，那些嘀嗒声到底是从哪里来的？

弗登说不清为什么自己要打开厨房冰箱，因为他根本不饿。但当他发现冰箱里空无一物，只有刺眼的灯光时，他意识到自己打开冰箱看是为了确认情况，毕竟这厨房看起来完全不像有人住过的样子。嘀嗒声终于停了下来。弗登按照顺序打开了所有的橱柜，这些橱柜里没有食品，只有白色的盘子、杯子和碟子，没有任何玻璃器皿。垃圾桶里有烂掉的蓝莓。弗登坐到餐桌旁，忍不住掀起桌布看了看下面。这里实在有些荒唐。玛娅从房间里传出的声音突然变大，但只持续了一小会儿，声音又小了下来。

弗登感到坐立不安。他站起来从水槽那里喝了口水，然后用手擦拭着厨房家具的表面。这里到处一尘不染。烤箱还是热的，弗登蹲下来打开烤箱，一股热气扑面而来。他把目光探进烤箱里，不禁想到"汉塞尔与格蕾特"的故事。也许他来到了女巫的家里？他没有从烤箱中闻到什么味道，里面没有食物，也没有人肉。弗登站了起来，走到窗边，窗户一直是关着的。最后他回到餐桌旁，伸手抓起一把篮子里的蓝莓吃，但又立马跑到垃圾桶旁把嘴里的蓝莓全都吐了出来。蓝莓已经腐烂了，吃起来很恶心。

玛娅的声音听起来更大了，比之前还要大。弗登觉得他们是在吵架，而且吵得很凶。她在和谁吵架呢？谁住在那个房间里呢？弗登走入过道，站在带有毛玻璃的房门旁，紧贴着墙壁，想要从另一个角度看到毛玻璃里的动静，但什么也看不到。他看不到有人在动，也看不到家具或者物品的轮廓，更看不到红发，只有看到阳光透过毛玻璃照射在过道里。突然玛娅尖叫起来，弗登再次听到了他能听懂的那个波兰语单词——"游客",这个词在之前还把他吓了一跳。他赶紧离开那扇房门,回到厨房,并点燃一支香烟,小心地把烟灰弹进自己的掌心里。事情很快在他眼前发生:带有毛玻璃的房门被人用力打开,玛娅冲进过道,头也不回地摔门而去,只剩下一地沉默。

弗登感觉心中开始狂跳,浑身冒汗,就连指尖都在出汗。他不知道该把香烟扔到哪里,于是就把它在篮子里掐灭了。篮子里发出轻微的嘶嘶声,但他却觉得这声音很响,就像是自己立刻要被人发现并抓住似的。他必须得离开这里了。旁边的房间里一定有人,而且是这间厨房的主人,也是刚才被人怒吼却没有发出任何声音的那个人。弗登不禁颤抖起来,他一刻都不想留在这里,也不想再发出任何声响。就算他已经暴露,他也不想再暴露一回。虽然这听起来不符合逻辑,但这仿佛是他给自己下的命令。

他坐在厨房深处角落里的塑料椅子上,感觉身体逐渐变得僵硬，只有手还能稍微动一动。他用食指使劲地按压太阳穴，逐渐又能感受到自己的双腿并能控制它们移动。然后他悄无声息地站了起来，走到窗边。只要再有什么动静，他就可以跳窗逃跑。他看到自己苍白且几乎没有血色的手抓住了窗户把手，汗珠正从他的脸上滚落……他还在等什么呢？弗登转动把手，一边转动一边被把手的声响吓到了，那听起来好像火车脱轨一般。这一回窗户只在上方打开了一道缝隙。他又把窗户关上，想要从另一个方向转动把手把整个窗户打开，但是再次只打开了一条缝隙，而这一动作发出的声音仿佛是警笛在呼啸。恐慌占据了他全身，他的手指也痉挛起来，疯狂地拉扯着窗户把手。他浑身颤抖着，好像是一只被困在笼中的鸟，又仿佛给整座大都市供电的电缆突然断裂，落到了他的手臂上。他无法松开自己的手。弗登想，自己不能松手，现在松手就是死。他用越来越大的力气去掰窗户把手，直到有什么力量怜悯般地帮助他松开了手，并像解除陷阱机关一样打开了窗户。

弗登记得来时的路线，只要自己穿过田野就能回到森林里。但仿佛从厨房里跑出的不是他自己，而是另一个人，只有另一个人逃出了困境，而他自己已经死在了窗户把手上；仿佛只有另一个人跑进过道，打开房门头也不回地跑掉了；仿佛只有另一个人注意到身后的东西，那是一种快速蔓延的冰冷东西，闻起来像大海或者发霉的味道；仿佛只有另一个人在准备穿过楼群时因玛娅的目光而停下脚步，她生硬的目光正瞄准那个人；仿佛只有另一个人最终不再奔跑，让自己重归冷静。

森林正敞开怀抱。玛娅转身面对他，脸上似乎没有了任何强硬的表情。她一手扯下辫子上的橡皮筋，让头发随风飞舞。弗登不记得她的头发原来有这么长。他按着自己的太阳穴，这次只是轻轻地按了几下。眼前粗壮的树木让他感觉舒服了一些。他感觉这些树木正在支撑自己、稳住自己，仿佛山体崩塌前的隧道。

他们路过之前老妇人成排落座的地方，但现在她们都不见了。弗登仰头靠在挂车里,看着上方的树冠、天空,感觉自己像是一个被推着散步的婴儿。弗登在想,每个人在学会走路之前几乎天天都在看着天空,但只要学会了走路,眼里就只有前进的道路而没有天空了。人们不想被绊倒,不想自己在这个世界中受到伤害,但越是关注自己,越是不去望向天空,在这个世界中受到的伤害就越深。弗登从自己的遐想中回过神来。道路开始越来越颠簸。玛娅驾驶着摩托车拐下大路,开进一条林间的羊肠小道,在他们左手方有一片在松树间波光粼粼的小湖泊。

他们沿着湖边行驶,小道上交错的树根让弗登上下颠簸。他看起来一定滑稽极了。森林的景色开始变换,从松树林变成了桦树林,一切都变得更加明亮,也更加喧嚣。湖边的小道越来越窄,挂车的左侧轮胎正压过草丛,发出一阵窸窣声。一对绿头鸭受惊飞起,把弗登吓得缩成一团。他远离靠近湖边的那一侧,不想再被飞起的鸭子吓到。白色树干正依次向后移动。玛娅向左转去,开向深入湖面的岬角。树干越来越细,小树苗将大树取代,最终到达陆地的尽头时,就连小树苗也没有了。弗登从挂车上下来,感觉像进入了白桦织成的网,只能看见细细的白线。

10

他们站在岸边，湖面毫无波澜，平静得好像被冻住一样。在他们的旁边有一顶帐篷。玛娅一言不发地看着湖水，但弗登却觉得她好像在对他轻声地说："放心地看吧，这里是我的地盘。"

弗登从包里掏出两支香烟，将其中一支直接递到玛娅嘴边，甚至直接放进玛娅微微开合的嘴里，他对自己的行为感到惊讶。他在给她点烟的时候感觉自己的脸涨得通红，像是火辣辣地燃烧起来。但玛娅似乎没注意这一点，继续看向湖面，平静地吸着香烟。弗登顺着她的目光看，却不知道她看向哪里，对方的眼神仿佛是闪烁的梦境。弗登感觉自己的右手轻微地抽搐了一下。

他又望着湖水，想弄清这湖水到底是什么颜色，因为这颜色让他心醉。也许是松石蓝色？玛娅在他身旁看着他问道："松石蓝色？"弗登觉得不可思议，因为他一句话也没有说。难道他刚才想到的时候就已经脱口而出了？他自己无法做出准确的判断，好像思想和话语之间的界限突然变得模糊起来。

玛娅再次疑惑地问道："松石蓝色？"这次听起来像是命令，命令他回答解释，但他该说什么呢？弗登指了指湖水向她示意一下，玛娅的脸上显露出惊讶的表情。他想，也许在波兰语里，"松石蓝色"不是这么说的。他把手伸进湖水里，搅动了几下，轻声说道："松石蓝色。"玛娅耸了耸肩，依然满脸疑惑地看着他，锁骨的窝仿佛是一口小井。

弗登折下一株草,望向天空。天色渐渐变红。他把那株草放在最后一片蓝色上,用手做出遮挡的动作,然后再次说道:"松石蓝色。"这次他的声音更大了。这一刻,他意识到玛娅正站在另一个角度上观察,她不可能看到草和蓝色天空重叠在一起的颜色,更不可能想到颜色的融合。这是一个没有意义的举动。"松石蓝色?"玛娅又问道,然后明显有些不耐烦地看着他,她肯定是觉得自己被戏弄了。

弗登后悔不该多嘴,于是蹲下来一言不发。他每一次开口都会让自己陷到麻烦里。他还想把手伸进湖水里,但是放弃了,湖水已经因为失败的话题而显得污浊。他的倒影在水中凝视着他,那倒影看起来很像马雷克。他抓起一把草,想把它们扔到湖里,却看到湖水已不再是松石蓝色,随着光线的变化,现在湖水成了深蓝色。深蓝色和松石蓝色都难以解释,可能深蓝色更甚。

弗登把手里的草放回到地上,耸了耸肩,好像在说:"我放弃了,我解释不了,不要怪我。"玛娅似乎在他的行为中读出了另一层意思：他们之间的关系没有意义，不如后会无期。突然间她的眼神变得冰冷而愤怒，在弗登的眼里，那就像冰川一样。弗登和玛娅四目相对，这倒不是因为弗登勇敢，而是因为弗登的懦弱。对，绝对是懦弱。他感觉是懦弱让自己的肌肉动弹不得，让他的眼睛无法躲闪。现在玛娅终于放过了她自己，就像牙齿松开咬在嘴里的骨头。玛娅把吸了一半的香烟扔进湖里，走向帐篷。

弗登看着她走进帐篷，然后艰难地站了起来。在他的面前还放着刚才被自己拔下的草，那些草看起来像是一只死去的小鸟。他用脚把草踢进水里，没想到它迅速沉入湖底，仿佛一个沉重的东西。他已经一整天没有再想起马雷克了，至少他不记得自己想起过。直到现在，他才意识到自己其实没有去想任何事情。他问自己是否想起过父母，但他并不知道。

弗登看着颜色越来越深的湖水，生命中第一次感觉瞳孔在黑暗中扩张。他转身看去，帐篷静静地待在一棵小白桦树旁，里面黑洞洞的，就好像没有任何人一样，尽管玛娅正在里面呼吸着。他的目光落在摩托车上，那摩托车看起来就好像是一头被击毙的鹿，躺在草丛里。草是深灰色的，满目的深色渐渐让他感到不安，这种感觉和昨天的完全不同。昨天在悬崖上时，身后的那片森林也是漆黑一片，但那时他没有害怕，一点儿也没有害怕，因为海边引擎的轰鸣声和悬崖下人们的窃窃私语让他感到心安，他是在人们的陪伴中睡去的，尽管那些人只是来照看他的"尸体"，而那并不真的是他的尸体。现在，恐惧就像是蜷缩成一团的动物一样缠住了他，赶也赶不走。他仿佛又回到了那间一尘不染的白色厨房。他清楚地感觉到眼前的这片白桦林依然是那间厨房。他看向帐篷，里面亮着灯，玛娅的剪影在浅黄色的防水布下清晰可见。她坐在帐篷里，好像被琥珀包裹着一样。弗登也想坐在琥珀里，被琥珀保护着，不受任何思绪和话语的侵扰。

  装在帐篷顶上的小手电一直晃来晃去。弗登进去的时候脑袋不小心撞到了它，玛娅为此笑了一下，还用手摸了摸他的额头，似乎已经忘记了之前的所有矛盾与谎言。弗登感觉自己的脉搏平缓下来。他看了看玛娅满是雀斑的手，然后又看了看她的眼睛和嘴巴。她咬了一口苹果，汁水四溅。他擦去溅在自己脸上的果汁，玛娅笑了起来。过了一会儿，她把另一个苹果伸向弗登，那苹果很小，被稳稳地握在她手中。他拿过来咬了一口，尽管自己很饿，但也不想狼吞虎咽，只是小口地嚼着。苹果看起来还没熟，吃起来却特别的软。玛娅把她自己的苹果整个儿都吃完了，就连果核也吃了。弗登还从没见过谁把苹果吃得这样干干净净。他讨厌任何果核，所以很少主动接触苹果。虽然苹果口感不错，但他没有吃苹果的欲望，也许是因为苹果对他来说太"有益健康"了，那种宣传式的"有益健康"，让他每次咬苹果都觉得苹果很虚伪。

  弗登继续小口地嚼着苹果，而玛娅一直盯着他看。

弗登在吃苹果的同时，一会儿看看底下铺设的羊毛毯子，一会儿看看上面的手电和帐篷顶。帐篷上有被浸染过的纹路，好像被水泡过一样。他瞥了玛娅一眼，然后目光又回到身下的羊毛毯子和上面的水渍上。苹果快被吃完了，已经没有什么好啃的了，就连果核都快被啃光了。他下意识地再次把手送到嘴边，但手里已经没有苹果了。玛娅大笑起来，而弗登也想挤出一点儿笑声。面对这一情形他有些不知所措。刚才的他看起来应该像是要吃掉自己一样，毕竟差一点儿就咬到自己的手指了。但他的脑海里随即出现了另一个疯狂的想法：是不是每个人都咬过自己，只是自己不知道呢？谁能证明自己从来没有咬过自己的皮肤呢？这种想法让他感到反胃。玛娅肯定看出了他的心思，于是不再笑了。弗登的心又开始狂跳，他觉得自己再次涨红了脸。他感觉自己待在自己的脑海中已经不再安全，不再像以前那样安全。

弗登把自己的脸从灯光下移开，想掩藏自己的害羞，但玛娅对他滚烫的脸并不感兴趣，而是向后躺下来望向上面的帐篷顶。弗登随着她的目光看到了帐篷顶上遍布的小黑点，可能有上千上万个。整顶帐篷就像发霉了，和他一样发霉了。一想到这点，他感觉自己快要哭出来了。这是怎么回事？刚刚他们还在一起有说有笑，一切都很好。弗登想，也许什么事情都不存在，他们根本没有一起吃东西，一起欢笑，这都是他在脑海里臆想出来的，仅此而已。他注意到玛娅眼里有光，她正在研究帐篷顶上的霉点，好像它们是星座一样。弗登慢慢侧身躺下，帐篷里弥漫着一股沉闷的甜味。他的肩膀碰到那些叠在一起的羊毛毯时，身体里的最后一丝紧张感也消失不见了。他躺在玛娅的旁边，但对方没有转头看向他，而是继续看着上面。弗登觉得她脸上堆满了笑容。

弗登心里依然狂跳不止，从他躺下时开始，心率越来越快，心跳声也越来越大。"松石蓝色。"他听见玛娅笑着说道，感觉自己的嘴角也慢慢上扬，这一点不用看就知道，他们此时感觉相同。

他们都同时看着帐篷顶，然后又同时大笑起来。那是一种压抑已久的笑声，快要把帐篷掀翻了，一时间那笑声响亮得听起来不像是人类能发出的声音。过了一会儿，他们又安静下来，继续并排躺着，但事情正在产生一些微妙的变化，不对，应该是一切都在发生改变。弗登看着面前玛娅那张模糊的脸，她的呼气吹在他的脸上，让他感到心安。玛娅的嘴唇还在微微颤抖着，好像还没有从刚才的大笑中缓过来似的。弗登开始悄悄对玛娅说话，对方的脸离他很近，仿佛是一面柔软的墙。他正坦然地对着这面"墙"说话，看着它慢慢打开、闭合。他感觉躺在旁边的不再是玛娅，而是一个明亮的容器，似乎把所有的话藏在这个容器里更安全，比在他自己这里还安全。他对着"容器"讲个不停，这辈子还从来没有说过这么多的话。"容器"里的液面不停上升，直到漫溢出来时，弗登才选择停下了嘴。弗登跟着"容器"走进黑暗，完全信任它。他一路来到岸边，然后跳进静止的湖面，跟着它游了过去。

弗登在湖中游泳的时间越长，越感觉自己充满力量和生气。他渐渐清楚地意识到出现在自己面前的是玛娅，而不是一个容器。玛娅正紧紧地抓着弗登，好像没有对方自己就会迷失方向一样。他猜测自己是不是踩到了沙岸上，因为玛娅的身体突然变得轻盈。这让他意识到自己的身体、自己的力量能在一瞬间让任何重量变得可以承受。现在玛娅闭上双眼，抽搐了几下，然后像石头一样沉了下去。弗登吓了一大跳，继续拍打着湖水。他无法对玛娅放手，于是深吸一口气和她一起沉了下去。他看见她的头发开始漂荡。一想到自己可能会死于溺水，他的内心就充满恐惧。他想要挣脱，但玛娅的力气很大，比他还要大，一直拖着他伴随水草和鱼向下沉去。他需要呼吸，他张开嘴大叫起来，像个疯子一样。他的喊叫声不仅通过水波传到了外面，还返回到他的身体里。他感觉那喊叫声正传遍全身，仿佛麻醉药一般，他已经感觉不到自己的腿、腰、肚子和胸膛。那喊叫声最终进入他的大脑，就像是一颗红色的子弹。弗登看着下面玛娅那闪闪发光的身体，又看向湖水外的世界。突然间，他不再沉入水下,而是和玛娅一起平静地游在水面上,来到岸边。

弗登挣脱了玛娅,他浑身湿透了。玛娅笑着把他拉了过来,抚摸着他的脸。现在他们成了身体透明的人,成了琥珀本身,而不是保存在琥珀中的标本。弗登看着自己的手不停地摸着陌生的皮肤,注视着手指每一次轻轻按压皮肤时这一微小动作引发的效果。他感觉玛娅的手指也在抚摸着他的胸口,好像从四面八方探向他的身体。他从未抚摸过别人,也没有被别人抚摸过,除了小时候妈妈摸过他。他用自己的手抚摸着自己的皮肤,挨着玛娅的手。他感觉自己的抚摸是如此苍白。玛娅吻了他。

11

　　福特汽车停在房子前。弗登注视着它的到来,就像是在看慢镜头一样。他不记得自己已经在厨房里这样一动不动地坐了多久。现在他重新将果盘压在那张黑框剪纸上。与此同时,格尔德先生从车上下来,给妈妈打开了车门。她的脸看起来比之前更加苍白和透亮。格尔德先生把汽车开进车库里,而妈妈摇摇晃晃地走向门口。

　　弗登跑出厨房,跑到地下室楼梯上,背靠着墙。他听到钥匙开锁的声音，然后房门被打开了。妈妈走进玄关，坐到台阶上，脱掉了鞋子。弗登正在她下方透过楼梯的缝隙观察着她。他听到鞋子从她脚上脱落而发出一声短暂的闷响，他以前从没注意过这个声音。紧接着，妈妈的后背开始起伏，连带着她穿着的黑色礼服一起起伏。妈妈身体抽搐了好一会儿，直到肺里的空气消耗殆尽。当她吸气时，响起了再也抑制不住的啜泣声。弗登站在地下室最下方的那级台阶上，本能地将手伸向她，差一点儿就能碰到她的后背。也许这样能让她立刻转悲为喜，但弗登慢慢把手收了回来。

格尔德先生也进入了玄关。妈妈从台阶上起身，把鞋收了起来。格尔德先生说要去煮点儿咖啡喝。弗登没有听到妈妈的回答，也许她没有回答，或者只是点点头。弗登迅速地后退一步，然后看见格尔德先生正从楼梯上方走过，走向厨房。妈妈还待在过道里。听声音她应该又坐了下来，也许是坐在那"王座"上。格尔德先生在厨房里丁零当啷地忙碌着，好像在翻找什么。弗登又向前

121

走了一步，站在更高一级的台阶上，只要格尔德先生从厨房出来就能看见他。格尔德先生看到的不会是消失三周又突然出现的儿子，而是葬礼后又死而复生的儿子。

弗登踮起脚来，可以看见妈妈的确坐在"王座"上。她目光呆滞，旁若无人，完全沉浸在自己的内心世界中，把嘴巴抿成肉色的细线。弗登吓了一跳，因为格尔德先生刚刚从楼梯上方走过，但似乎没有注意到他。弗登想，也许他只是一个幽灵。格尔德先生的黑袜子出现在"王座"前，格尔德先生把他的手放在妈妈的额头上。他听见格尔德先生告诉妈妈咖啡没了，而妈妈低声提醒他地下室里还有一包。她那薄薄的嘴唇张开时，好像裂开了一条缝隙似的。

弗登屈腿躲进一个衣橱里。衣橱里装的是冬天的外套和各种园艺裤子。格尔德先生从架子上拿起咖啡就走了。为了透透气，弗登打开了橱门，但他还是坐在衣橱里。今天不能再上去了。弗登觉得有些冷，仿佛冷风正从向上开启的地下室门那边吹进来，让温暖不再。他伸手从衣架上拽下来一件外套穿上。三年前的时候，因为这件外套太小穿不进去，他就把这件外套扔了，而格尔德先生又把它捡了回来。他什么东西都不会丢掉，家里的所有衣服都会被他回收做成布料、垫子或者园艺服。整个衣橱装满了各种破旧和穿不了的外套和裤子。现在弗登觉得这件过紧的外套很好，让他马上暖和起来。他又从衣架上扯下来几件衣服裹在身上，感觉自己像是一个准备冬眠的动物，身后靠着的东西也很软和、很舒服。他把衣橱门拉回来一点儿，一道灯光透过那条缝隙照了进来，把他的脸分成两半。然后他拉上外套的拉链，闭上了眼睛。

帐篷里，玛娅躺在弗登身旁。弗登亲了一下玛娅的额头，对方就睁开了眼睛，从她浅绿色的虹膜上可以看到无数小黑点。弗登觉得它们看起来像霉点或者罂粟籽一样。他问她去了什么地方。玛娅不可置信地看着他，好像在说："我能去哪里？你这个小傻瓜，我一直在这里啊，在你身边！"

但弗登不相信，有什么声音告诉他玛娅在说谎。他用手指划过她的嘴唇，然后问道："你去马雷克那里了吗？"

她一言不发。沉默良久后，她突然说道："马雷克死了。"

弗登吓了一跳，他又想起马雷克死亡的事实，意识到玛娅不可能和马雷克待在一起，她正活生生地陪在自己身边。但这不能让弗登心安，他又说道："就是因为我长得像死掉的马雷克，所以你才待在我身边，仅此而已！你只是为了和马雷克在一起！"玛娅又沉默了，这次沉默的时间更久。

"那我也死了算了。"弗登丢下这句话后爬出帐篷。玛娅没有阻拦他。这里到处都是石头，有棱有角的大石块。弗登踢上一脚，面前的一块石头就被踢飞了，就好像石头是纸做的一样。他走过一片开满浅粉色草甸碎米荠的开阔草地，前方又是一片碎石地。他正准备再次踢飞一块石头时，突然停了下来，因为面前的那块石头是一座墓碑。他朝周围看了看，意识到那些碎石其实都是墓碑。有一大丛杜鹃花在坟墓旁开出红色和紫色的鲜艳花朵。他继续往前走，没有遇见任何人，只看到松鼠在石头间跳来跳去，好像在玩捉迷藏。有时松鼠也会向他乞讨，弗登就掏出空空的裤兜，然后遗憾地摇摇头。

突然间，他的身体仿佛不受控制。弗登站住了，脑袋向右看去，在一棵白桦树旁发现一个黑暗的地洞。他走近那棵白桦树，朝地洞里望去，顿时感觉疲惫像瘟病一样席卷全身。地洞里有一件外套和一条裤子，看起来柔软又暖和。尽管周围开满了鲜花，但他还是感觉浑身发冷。他坐在洞口边，身体慢慢滑下去，落到一堆厚衣服上。他向上看去，白桦树用少女手臂般的浅色枝条将天空优美地分割成几部分。

起初，只有一只松鼠在洞口朝他友好地眨着眼睛。过了一会儿，整个洞口都围满了松鼠。它们都遗憾地看向地洞里的他，耸动着肩膀。为什么它们感到如此遗憾呢？弗登想着想着就闭上了眼睛。他感觉自己全身在微微颤抖，幅度越来越大。他费力睁开眼睛，但眼前还是一片漆黑。自己的手也许可以在这时候帮上忙。弗登抬起自己的手，他的手像雨刷器一样刮过他的脸，刮过他的眼睛，让眼前重现光明。在洞口处，站着一个身穿黑西装、长着松鼠脑袋的人，正从那里拱下泥土和橡果。他又什么都看不见了，一堆泥土倾洒在他脸上，正中眉心，把他的两只眼睛全都盖住了。他还有手呢！弗登又想到自己的手，但他的手也开始不听使唤，不再接受自己的命令。地洞里的动静越来越大，泥土和橡果落满全身。他想开口呐喊，但喊不出来。渐渐地，弗登开始感觉窒息，一切都完了……

弗登再次睁开眼睛，感觉心在狂跳。一条裤腿落到他的脸上。他把它扯了下来，推开柜门，把两条腿都放到地面上。洗衣机在地下室的地砖上振动着。弗登满头大汗地看向四周。地下室的窗户成了一个漆黑的四边形，说明天已经黑了。水池上方亮着一盏小灯，一切沐浴在温暖昏黄的光线中。一股清新的味道向他袭来。洗衣机上放着一个盘子，上面还盖着另一个盘子。

弗登站起来走向洗衣机。他拿起上面的盘子，看到下面盘子上放着炸土豆和一大块肉。他吓了一跳，赶紧又盖上，并向后退了一步。过了一会儿，他忍不住再次把盘子揭开，把手放在菜的上方，它已经没有了热气，但还有一点儿余温。刀叉紧挨着盘子。弗登拿起刀叉，发现那是他小时候用的儿童餐具，刀柄上印着穿靴子的猫，而叉子上印着《星星银圆》故事里的那个可怜小女孩。那小女孩在半夜里掀起自己新衣服的衣角，去接住从天上坠落的星星，而星星一瞬间又变成了亮闪闪的银圆。

12

无论如何,弗登绝不想再见到妈妈。妈妈会问他食物好不好吃,还会问他怎么又死而复生了。他把儿童餐具放到吃完的空盘子上,走向地下室通往院子的门。那门现在打不开了,尽管钥匙可以插进门锁里,但不管往哪边转钥匙都没有用,明明昨天还打开过。弗登接连试了好几次,终于明白自己不仅已经被人发现了,还被锁了起来,会有人定期给自己送来食物。地下室的窗户在许多年前就装了铁栅栏，为的是防止入室盗窃，这下他更插翅难飞。弗登感到呼吸困难，刹那间寂静透过低矮的屋顶压在他的胸口和脑袋上。父母就坐在他的正上方，此刻正在客厅或者厨房里注视着他。

弗登在他的"新牢房"里踱步。这里一共有三个小房间：水房、洗衣间和格尔德先生的工作间。所有东西都像以往那样摆在原位。这里有一个放罐头的架子、一个马桶、一个旁边挂着毛巾的洗手池、一个小冰箱、一些瓶子、一个工作台、一个工具柜、一整包露营用品、几条格尔德先生的雪地轮胎、一个放在过道上的书架以及上面的各种侦探小说和童书。

弗登的目光落在了那本《彼得与狼》上。他小时候很喜欢这本书，也很喜欢那部同名的交响童话。他记得自己曾在播放机上听了好久。那部交响童话是一位苏联作曲家写的，但弗登现在想不起来作曲家的名字了。他从书架上拿来那本书，看到封面上写着"谢尔盖·普罗科菲耶夫"。对，就是他。有一次他还和父母一起去看交响童话的演出呢。那场演出很精彩，演出时长不到一个小时，演出的每一个旋律他都记得。弗登打开书，不禁对着上面的故事笑了起来。在故事里，院子的门敞开着，彼得蹦蹦跳跳地从一大片绿草地走过。在一棵树上坐着彼得的朋友，那是一只小鸟。小鸟高兴地鸣唱道："四周多么平静啊。"弗登在格尔德先生工作台旁的旧沙发上躺下，继续翻阅着。

等到弗登再次睁开眼时，阳光直射到地下室中，他不得不马上把眼睛眯起来。他还躺在沙发上，地下室的灯亮着，《彼得与狼》被放到地砖上。弗登想到，他已经被抓住了，是他被抓住了而不是书上的那头狼。他猛地站了起来，感到一阵眩晕，心脏控制不住地狂跳。他站着缓了一会儿，然后走进洗衣间。

洗衣机上放着一盘早餐和一杯咖啡，昨晚的脏盘子不见了。洗衣机已经停止工作，它的门开着，里面空无一物，传来一股刚洗完衣服的味道。弗登走过去，把手放到杯子上方——咖啡还是热的。盘子上有三个圆面包和一把餐刀,旁边还有小包装的黄油、蜂蜜、果酱、奶油奶酪和猪肝肠。这早餐也许是妈妈想让弗登觉得自己正待在酒店里而不是在牢里。弗登大口吃了起来,他早已饥肠辘辘。咖啡的味道很不错,妈妈放了足够多的糖,至少两勺。

然后寂静又笼罩了一切。弗登坐在沙发上等待着,但没有人下来找他。到中午时,也没有人来送饭。妈妈知道他从不吃午饭,基本上她什么都知道。

弗登读起了小时候看过的福尔摩斯的故事。他很惊讶,因为自己曾经看过的内容,到现在却什么都想不起来了。当剧情进入到关键阶段时,当福尔摩斯向华生揭晓一切答案前,弗登突然醒悟过来,故事中案件的真相也呼之欲出。弗登将手里的书放下。大脑是一个奇特的器官,有时是一个不大的黑袋子,有时是一个无限的空间,也许有时二者皆有。他时不时地起身透过装着栅栏的窗户向院子张望。他的目光刚好高过草丛。这种感觉就像有人在埋葬他，已经埋到脖子的高度。

当草地终于暗下时，弗登松了一口气。他不知道自己为什么松了一口气，也许是因为一天已经过去，也许是因为他的大脑也沉寂下来，没有白天那样活跃。他又饿了，于是从架子上拿了一个罐头。冷豆子吃起来味道不好不坏，因为基本上感觉不到任何食物的味道，就像是在吃纸板一样。弗登正拿勺子吃着，听到楼梯上有脚步声。他关掉格尔德先生工作台上的灯，不敢动弹一下。终于他们还是来了，下楼来找他了，他不得不回应这一切。弗登感觉自己透不过气。他没有用鼻子呼吸而是试着用嘴呼吸。他的嘴里塞满了豆子，那些豆子已经变得黏糊糊的了。弗登感到惊慌失措。一声短促的叮当声传来，脚步声慢慢走远，被地毯逐渐吞没，然后彻底消失。弗登把嘴里黏糊糊的豆子咽了下去，犹豫片刻后走向那道从楼上倾泻到地下室楼梯上的光线，那场景仿佛是外星人降临一样。从台阶底部向上数去，在第三级的台阶上放着晚餐，又是一个盘子盖着另一个盘子。

睡觉前,他把吃完的空盘子放回到楼梯上,然后迅速离开。楼上已经听不到任何动静了,一点儿声音都没有。

第二天早上的时候,洗衣机上没有任何早餐。厨房的方向传来广播声。弗登慢慢走向楼梯。这一次早餐被放到了中间靠上的台阶上。

弗登是在格尔德先生的沙发上度过上午的。他继续读着福尔摩斯的故事,这一次读的是《巴斯克维尔的猎犬》,一个关于动物攻击人的故事。中午的时候,正如他预料的那样,没有人送来午餐,收音机的广播声也没有了。今天天气很好,是一个明媚的夏日。到了下午,弗登推开地下室窗户,看到格尔德先生出现在院子里,清理着地上烂掉的果子,然后又修剪草地。弗登透过栅栏观察着他。从侧面看过去,他的脸上毫无生气,看起来很奇怪。格尔德先生并没有朝房子这边看上一眼。为了不让割草机离地下室的窗户太近,他特意留了一块较宽的草地没有修剪,他以前从不会这样做。弗登想,放着这么多草地不去修剪,对他来说一定是个艰难的决定。

格尔德先生干完活后,围着屋子绕了一圈,然后从弗登的视野中消失。弗登走到楼梯上,听见格尔德先生走进房子的动静。他想听听格尔德先生在和妈妈聊什么,但收音机又被打开了,广播声比上午还大。弗登知道他们现在肯定在谈论自己。虽然他证明不了这一点,但这显而易见。他走进工作间,捂住自己的耳朵,他不想再听到那该死的广播,也受不了那鬼鬼祟祟、絮絮叨叨的机器。

到晚上时,弗登没有等待多久就听到了楼梯上的脚步声,好像妈妈能透过地板听到儿子肚子饿得咕咕直叫的声音。当脚步声走远后,弗登就来到了楼梯。这次盘子被放到靠近楼梯最上面的地方,几乎挨着上方的过道,看来他们终于要逮住他了,也许就在今天。弗登感觉自己的手又开始颤抖起来。楼上一片寂静。父母选择的是这种只适合诱捕动物的笨方法,用食物慢慢把他吸引过来,直到落入陷阱,然后……弗登中断了思路,因为他突然意识到这种想法是多么不合理，是多么可笑，因为他早就身陷囹圄了。难道不是他自己主动回到家中，主动爬进"陷阱"的吗？

他靠着墙壁看向楼梯，肚子饥饿难耐。他们是在给他时间转变，仅此而已。这不是陷阱，而是一种适应性训练，是父母开展的一场目的性强的训练。他第一次清醒地意识到，他在自由的旷野里没有坚持下来，那所谓的"自由的旷野"已经让他心惊胆战。他软弱而又怯懦，一直都是这样的，事实确实如此。弗登尝试让自己平静下来。他慢慢走上楼梯，伸手去拿那个盘子。

食物还是热的，他大口大口地把它吃完了。上面有人打开了电视机，似乎父母的状态正在逐步回归正轨。弗登又拿起那本《巴斯克维尔的猎犬》，但根本无法集中注意力。他心中那头会攻击人的动物正在不停地转圈，用尾巴的末端抽打着他的额头。弗登总感觉不对劲，他认为自己不能再在这地下室里束手待毙了。这里危机四伏，波兰的任何一片森林都比这地下室安全。在这里，他无法再逃避父母，无法再逃避他们的爱，无法再逃避自己。弗登把书放到一旁，从沙发上起身，走向地下室的门，但地下室的门还是打不开。钥匙可以插进门锁里，可以转动，但门就是打不开。弗登明白过来，他自己就是一把钥匙，卡在了父母这把坏掉的锁里，无处解锁。他是一把打不开任何门的钥匙，一把同门锁一样坏掉的钥匙。楼上没有传来电视机的声音，弗登变得焦虑起来。他一点儿也不想睡觉，更不想让父母看着自己睡觉。他在等待着脚步声，却迟迟等不来。他已经等了好几个小时，一直仔细地倾听着动静，直到自己筋疲力尽。他感觉自己无法阻止大脑进入梦境。他的眼睛不停地翻转着，像是旋转的轮子一样。一连串图像越来越快地闪过眼前，也许最终他还是能逃脱出去的……

弗登抢身上前，想要争辩，但没有任何用。玛娅的话一直萦绕在他耳边。他离开了玛娅，而不是玛娅离开了他。她说着："是你要离开我，而不是我要离开你……"

弗登插不上话。最后他不再跟着玛娅，而是走了出去。他不知道自己是从哪里走出去的，也许是一顶帐篷。他走向湖边，现在换成玛娅跟着他。

"是你要离开我，而不是我要离开你。"她重复地说道，并慢慢走进水中。弗登跟上她的脚步，然后亲吻了她，这样玛娅会明白，他一直都在这里，一直都在她身边。可玛娅却告诉他，他不在这里，不在她身边，他正在地下室里，甚至他根本不知道自己正在地下室里，他是一个十足的傻瓜，用她换了一间地下室。

"不！"弗登说，"我绝对不会这么做！"他又想去亲吻玛娅，但玛娅不让他亲，她的嘴唇仿佛变成了石头或金属。

玛娅告诉弗登，他应该放空自己的大脑，这样他就能清醒地看清周围，看清自己现在身在何处，看清自己正在那个该死的地洞里！他永远无法从那种破地方逃出来，几乎没有任何可能，那种渺小的逃跑机会几千年才会出现一次。一个人怎么可能自愿落入地洞里，一个人

137

怎么可能自愿像困兽一样被人豢养呢？他绝对是一个笨蛋！玛娅不过是去采蓝莓，离开了一小会儿，弗登就要离开她。不是玛娅要离开他，而是他要离开玛娅。弗登听着玛娅的话，感觉自己越来越难受。真相让他如此痛苦，让他不得不把脑袋埋进水中，咧开自己的嘴……

弗登睁开眼睛。他躺在格尔德先生的旧沙发上，身上盖着之前没有的毯子。早餐已经被放到台阶上，这次被放到台阶的最上面。他上去拿起盘子，然后慢慢走了下来。父母在过道中可以轻而易举地触碰到自己，只要把手伸进拐角处。弗登在格尔德先生的工作台上给面包抹上东西，然后无精打采地吞了下去。

雨下了一整天。弗登喜欢雨滴有规律地落在地下室窗户上的声音。他把《巴斯克维尔的猎犬》读完了。所谓的猛兽不过是一只狗，所谓的怪物不过是家养的动物而已，是人让它成了猛兽。弗登想，如果自己再在这个地下室更久地待下去，他也会变成猛兽。今天必须到此为止了。

收音机的音量在这一天中一会儿被调大，一会儿被调小。弗登不在乎，他们想要说什么就说什么吧。葬礼后父母就没去上过班，一直留在家里忙碌他的事，他们的休假快要到时间了。在他们两个人中，哪怕有人要离开屋子，也只是离开一小会儿，要么去修剪草地，要么去买东西，要么去洗车。现在楼上的门铃响了。弗登走到楼梯边，想要听听发生了什么。是邻居施纳贝尔太太来了。她的身体让他想起了鸭子，但说不上为什么，也许是因为她的脑袋总是轻微地晃来晃去。尽管大雨滂沱，他在地下室中还是能听到她尖锐的声音。而妈妈只是低语，在门口的方向留下一阵窸窣声。妈妈并没有请施纳贝尔太太进来。弗登想，这倒很合理，毕竟她家里藏着一个起死回生的人，她要看住那个起死回生的人，以免他逃去天堂。弗登感觉自己脸上的笑容属于一个陌生人，这笑容让他感到恶心。把嘴闭上，他命令自己，闭上那该死的嘴，但有什么力量正把他的嘴角往上拉。他几次挥舞拳头砸向自己的额头,终于让他不再满脸笑容。弗登打开一扇地下室的窗户。他可以把手伸到外面,而且头顶不用淋雨。他像收鱼线一样把湿漉漉的手收了回来,洗了一把自己的脸。楼梯上又传来盘子碰撞的声音,妈妈把空盘子拿走了。一切变得如此荒唐。弗登望向雨中,等待着天黑。

他来到楼梯上,没有听见任何声音,但屋子里飘荡着一股很好闻的甜甜的味道。他走得很慢,仿佛正在小心地浮出水面,为的是不让自己的心肺系统受到伤害。到了楼梯顶部,弗登大口呼吸着,周围都是肉的香味,那是甜口的肉菜的香味。

弗登向自己左侧看去。透过打开的厨房门,他看到燃气灶上有三个正在炖菜的锅,无人看守。他屏住呼吸,以免自己的呼吸声和别人的呼吸声混淆在一起。然后他听到妈妈在客厅呼吸的声音。那"王座"似乎离他越来越近,这到底是怎么回事?弗登意识到自己正在移动,他的腿没有经过他的许可就动了起来,带着他向前走去。

他一直向前走。在他看来，自己似乎朝"王座"的方向走了很久，就好像他正在经过一个奇怪的通道系统一样。也许他正处在神秘的金字塔中，但这根本不可能，想想就不成立。实际上，他处在一座小房子里，距离一把老椅子大概有四米远，而这把老椅子没有什么特别的地方。弗登感觉自己的腿似乎已经走了好几个小时。当接近"王座"时，弗登向左转身，筋疲力尽地站在门框里。

13

格尔德先生和妈妈坐在客厅的桌子旁，桌上铺着白色的桌布，摆放着精美的餐具。弗登盯着热气腾腾的饭菜，父母的手正一动不动地放在盘子旁，看起来也像盘子一样。弗登好不容易抬起眼睛，看向父母的脸。时间仿佛凝固，父母正一动不动地温柔看向他。他们眼睛看起来漆黑无比，其中潜藏着煎熬。弗登真想马上跑回地下室，但这时父母的脸上裂开了一道口子。"坐下吧。"

一个声音说道,是妈妈的声音。弗登听话地坐到桌子旁,把手放在桌布上,闪亮的餐具让他不得不眯起眼睛。

妈妈问要不要把吊灯关掉,弗登点点头。他盯着自己的空盘子,就像在盯着一幅空白画布。格尔德先生毛乎乎的手从旁边伸了过来,伸进那幅空白画布里,抓起空盘子拿走,然后很快把盘子送回来,上面满满当当全是食物。弗登长舒一口气,现在在他的面前终于有东西值得关注了,那是他最喜欢吃的食物——烤猪排饭。无数烤酥皮撒在猪排周围,豆子和蘑菇在褐色的肉块间泛着光泽。面前的一切是如此清晰。格尔德先生本意是好的,为弗登盛了满满一盘子烤肉和米饭,仿佛弗登是一头快要饿死的熊。现在格尔德先生的手又伸了过来,为弗登倒上一杯葡萄酒。弗登还是不敢抬头,一直盯着下面。当他听到父母咀嚼食物的轻微声音时,才开始小心地吃了起来。

过了一会儿,格尔德先生问他好不好吃。弗登点点头,说声"好吃"。格尔德先生显得很惊讶,就连弗登也对自己的回应感到惊讶。格尔德先生想让对话继续下去，于是问他还要不要再添点饭。"不用了，谢谢。"弗登说道，并尽量安静地把盘子里的食物吃干净。

妈妈站起来说要拿甜品去，甜品是热乎乎的草莓香草布丁。弗登吃布丁的速度比平时要快。妈妈问他还要不要吃更多布丁。"还要。"弗登回道，但他立刻就后悔了，因为他看到妈妈把自己还没动过的布丁推到他面前。格尔德先生问他还要不要葡萄酒，希望也能听到一声肯定的回答。弗登说道："要。"格尔德先生又问道："你要喝啤酒吗？我去拿啤酒。""不用，葡萄酒就行。"弗登突然感觉自己很累，他真想和其他人说声晚安就回房间睡觉去。但他现在要怎么做呢？这件起死回生、重返人世的事情要怎么去解释呢？

妈妈的肩膀开始耸动，她努力让自己不哭出声来。弗登看到她尽量控制自己的呼吸，只为不发出任何声音，但她总归是要正常呼吸的。当她控制不住呼吸时，那动静把弗登吓了一大跳。她深吸一口气，又快速地呼了出去，听起来好像是被撞飞的动物，比如像一只骨头折断、内脏破裂的猫。格尔德先生用关心又严肃的目光望向她，但妈妈却全然不顾他的目光，呼吸越来越急促。格尔德先生紧张起来，叫着妈妈的名字，但她只是耸动着肩膀，看起来依然像是一只被碾压过的小动物。她那张因呼吸而扭曲的脸就悬在餐盘上方。这场面实在是让弗登看不下去了。他把自己的手放在妈妈的手上，瞬间一切都安静下来，仿佛关上了一台机器一样。

他一边摸着妈妈冰冷的手一边等待着。妈妈慢慢抬起头，像一只仙鹤那样看向他。弗登握住妈妈的手，越握越紧。一丝笑容从她的脸上闪过。弗登觉得妈妈的笑容好像是自己从她手中直接挤出来的一样，顺着血管最后浮现在脸上。那笑容好似一个闪亮的小贝壳，逐渐照亮了整个屋子。他松开了手，但妈妈还在笑。他又把手完全抽了回来，但她依然继续笑着，仿佛笑容停滞在她的脸上。弗登也想跟着一起笑，但他笑不出来，根本做不到，感觉嘴里像是有什么又重又硬的东西。

妈妈清了清嗓子,问儿子还想不想吃点儿什么。弗登摇摇头,又看向下方的桌布。格尔德先生友好地对他说,如果弗登想吸烟那就尽管吸吧,他和妈妈知道儿子有时会吸烟。格尔德先生故作轻松地说道:"在我还没戒烟的时候,总要在饭后来上一支。"妈妈说他们不会介意的,只要打开窗户就可以了。弗登看着他们的脸,感觉自己的下唇抽动了一下。他用牙紧咬下唇,但抽动得越来越厉害,他马上就要哭出来了。弗登想,自己不比妈妈强上哪怕一点点,自己远远不如她。他用掘墓的铁锹打在他们的脸上,他夺走了他们唯一的孩子,他把他们的心活生生地挖出来。现在,那个残忍的逆子又回来了,但他们还心存感激,全心照顾他的饮食,认为他"死去"的这些日子,只是让他饿了几天,没有存在其他任何问题。

弗登咬着下唇颤抖地说他没有香烟了。格尔德先生马上起身走到过道里,拿来钱包,把差不多一包香烟钱的硬币放在桌布上,推向弗登。

弗登看到妈妈担心地看了格尔德先生一眼，而格尔德先生对妈妈轻轻地点点头，让她放心不用管。妈妈问儿子要不要她跟着一起去。弗登轻声谢绝。格尔德先生又试着用眼神告诉妈妈，孩子会回来的，现在放他出去让他自己待一会儿。这次妈妈似乎理解了，或者说至少配合了格尔德先生的意思。弗登告诉他们自己很快就回来，并看向妈妈的眼睛，比平时注视的时间更久。妈妈正在试着让自己露出笑容。她表示儿子可以换身新衣服，她已经把干净衣服放在卫生间了。弗登点点头，走进卫生间并关上了门。他脱下属于马雷克的那身衣服。自从他套上那身衣服到现在，已经过去了三个多星期，就像是一直套着另一个人的皮囊。他的脚下堆放着一堆"沾血"的衣服，说是"沾血"的衣服，上面却看不到一点儿血迹。

他从卫生间出来时，妈妈已经把桌子清理好了。弗登穿着干净的衣服站在客厅门口，看到妈妈准备的一盒巧克力和一些小零食。她真是想得周全，把所有能做的事情都做了，就是为了让他买完香烟后还能再回来。弗登看到妈妈这样做，自然是看穿了她的心思，这让他感到心疼。格尔德先生又给她倒了点儿酒，她一饮而尽。

"那一会儿见吧。"弗登说道。

"好，一会儿见。"格尔德先生笑着回道，还让弗登等一会儿和他一起吸烟。

弗登点点头。路上如果有人看见他怎么办？他想着要不要问一下格尔德先生自己该怎么办，但最后还是算了。然后他走向门口。

空气中弥漫着肥料的味道。屋外漆黑无比，就像是天鹅绒一样，但比地下室里的黑暗要柔和得多。地下室里的黑暗就像是一个黑色的垃圾袋，套在人的脑袋上让人慢慢窒息。弗登穿过小镇，没有遇见任何人。自动售烟机就在超市入口的左侧。他把格尔德先生给的硬币投进自动售烟机，硬币在机器里发出一阵哐啷哐啷的声音，然后所有按钮都亮起了墨绿色的灯。

这究竟是墨绿色还是松石蓝色的灯呢？弗登忽然感觉有些眩晕，好像有人朝自己的脑袋猛击一下或者自己突发中风似的。松石蓝色……只有魔鬼才拥有松石蓝色的眼睛……那一片松石蓝色的湖……他扶住垃圾桶才没有摔倒,此时绝望爬满全身。他从自动售货机里拿出香烟,点燃一支,然后闭上眼睛。他听到有什么东西被压碎的声音。弗登猛地转身,看到有人从停车场径直朝他走来,只能看到那人的轮廓。弗登松开垃圾桶的边缘开始奔跑,大口呼吸着满是肥料味的空气,像穿过隧道一样飞奔回自己的家。

他刚一按门铃,房门就被打开了。格尔德先生在门口微笑着迎接他。弗登看到过道里放着一个塑料袋,十分钟前在他离开家的时候这里还没有这个东西。他路过时看到塑料袋里装着的是马雷克的衣服,看样子是匆忙塞进去的。

格尔德先生发现弗登在盯着地上的塑料袋,就解释道:"准备拿去放到旧衣回收箱里。"他想尽量让这件事情轻描淡写。弗登点点头,经过过道走进客厅。他在桌子旁坐下,把香烟放在白色桌布上,妈妈看上去不再那么紧张。

格尔德先生走了过来,打开包装拿出一支香烟,然后即将揭晓充满悬念的答案:在戒烟这么多年后,格尔德先生真的要重新开始吸烟吗?会还是不会呢?他没有等其他人想出答案,就直接点燃了香烟,深吸一口。格尔德先生并没有被香烟的味道呛到,他对此感到很惊讶,自己居然没有咳嗽。这一幕也让妈妈松了一口气。弗登意识到,有些事情正在上演。他不禁想起过道里的塑料袋。也许剧本早就有了,他只需要等待属于自己的剧本,等待属于自己的角色,一切都不需要等待太久。弗登也点燃一支香烟,尽力地深吸一口。有些事情还没有放到明面上来,可能是为了照顾妈妈的感受,也许到了明天,自己的戏份就要开始了。所有事情都必须要搞清楚,一定要搞清楚,但最好私下沟通,只在两个男人间沟通。这是格尔德先生会说出的话。这次他一个人搞不定了,没有儿子可不行。弗登看着格尔德先生吸烟的样子。尽管这是个炎热的仲夏夜,但弗登却感觉冷风习习,他的手也在颤抖,于是他把自己的手从桌子上拿开,任它们垂下。

14

弗登睁开眼睛,看到一片银色树桩组成的海洋,然后他的目光落在那双白色球鞋上,就是那双穿在他脚上、显得他像小丑一样的鞋子。他翻身到另一侧,差点吓得跳起来。在他的身下正涌动着波光粼粼的大海。他就躺在悬崖边,离掉下去只差一点点,他完全有可能在睡梦中坠落。

弗登的身后传来一阵窸窣声,弗登转过身,看到马雷克正站在自己面前。马雷克张开嘴，一边轻声告诉他想要拿回自己的衣服和鞋子，一边指着它们。弗登摇摇头，他告诉马雷克这是他自己的衣服和鞋子，尽管他清楚这是在撒谎。马雷克难以置信地看着他，然后脱下衬衫扔到他面前。马雷克的意思很清楚了：弗登应该穿回他自己的衬衫，并把衬衫还给他，马上还给他。弗登再次摇摇头，他要留下马雷克的衬衫，一点儿也不想穿自己的旧衬衫，那让他感到恶心。他看着马雷克血肉模糊的脸，清楚地认识到这张脸都没有地上的那件旧衬衫更让他作呕。

马雷克向他走近一步，握紧拳头。弗登也毫不退缩，并且说道："不，绝不。"

马雷克只能用一只眼睛瞪着弗登，因为另一只已经成了一团肉泥，但他的嘴还能说话，他说的每一个字弗登都能听懂，就算他的口齿有点儿漏风。马雷克威胁弗登，如果不马上把衣服还给自己，他就要动手抢了！弗登有些害怕，但近距离看着马雷克那单薄的身板和瘦弱的手臂，他忽然觉得自己有足够的力量去对付马雷克。他完全忘了自己也拥有同样单薄的身板和瘦弱的手臂，甚至还不如马雷克。

弗登对马雷克叫嚣着，让马雷克有本事就来抢。马雷克朝弗登怒吼着，头上又开始流血了，吓得弗登想要立刻逃走，只要不碰到马雷克的身体就行。但弗登就像生了根一样站在那里，没有采取任何行动。

然后一切都为时已晚，马雷克一个箭步冲到他面前，抓住他的脖子想要掐死他。弗登没有反抗，因为他不想碰到血。马雷克把他拖到悬崖边。弗登看着底下的乱石滩和远处汹涌的大海，知道自己不得不反抗了。但是他要怎么反抗呢？时间所剩无几，只留给他几秒钟思考对策，很快弗登就会失去知觉，跌下悬崖。他踩向马雷克赤裸的脚，像发疯一样狠狠地踩着。掐住自己脖子的手终于松了一些，弗登大口地喘着粗气。马雷克痛苦地惨叫起来。弗登虽然脑袋还被对方掐着，但他扭过一点儿身子，用尽全身力气踢向马雷克的膝盖。一声碎裂声响起，听起来像是马雷克的膝盖骨脱落下来并撞到石头上一样，仿佛马雷克千疮百孔的身体是用石块拼凑出来的一样。

马雷克完全松开了手，他跪倒在地上，仿佛在忏悔。弗登没有犹豫，又全力照着马雷克的脸就是一脚。当白色球鞋触碰到马雷克的一刹那，弗登什么都想起来了：马雷克和他是双胞胎兄弟！他想马上和马雷克道歉，帮马雷克包扎好头和膝盖，但马雷克失去平衡，跌落悬崖，从下方传来一声尖叫，久久回荡着，听起来像他喊出了一个词。

弗登踉跄着往后退了几步，靠在一棵树的树干上。在听不到马雷克的声音后，他又慢慢走回悬崖边，看到马雷克躺在一块深色的石头上，一只手臂向前伸出。马雷克的手指向的正是大海的方向。弗登觉得这场景似曾相识。就在这时，马雷克突然转头，把那血肉模糊的脸朝向弗登。这次弗登可以清楚地听到马雷克的话了，海风把他的声音送到自己耳边。马雷克嘴里嘟囔着"叛徒"

两字，那声音听起来很悲伤，完全不像是一种指责。然后马雷克的脑袋又躺回到石头上，没有了动静，但那两个字依然在弗登的脑海中激荡：叛徒、叛徒、叛徒……

弗登感觉头晕眼花。他听到沙子正在自己身下流动。他看着自己的身体，看着脚上过大的白色球鞋，其中的一只鞋子的鞋尖是红色的，仿佛指向悬崖上方的天空。弗登不知道自己还能做什么，不知道自己是否已经悬在空中，或者已经陷入无尽的深渊。他感觉自己快要意识模糊了。他马上就会彻底迷失自我，迷失自我的同时也想得到救赎……

弗登再次醒来时，看到眼前的帐篷布。他心中狂跳，汗水正流进眼睛，眼睛被刺激得很难受。他反应过来自己正在帐篷里，于是手脚并用地慢慢爬出帐篷。

湖水像一面波光粼粼的镜子一样出现在他面前。弗登低头看了一会儿草地，让自己的眼睛缓解了一下，然后直起身子。他的腿不由自主地颤抖着。弗登环顾四周，注意到那辆摩托车，它依然像一头鹿一样躺在那里，在晨光中闪闪发亮，不过这次像是一头睡着的鹿而不是一头被射杀的鹿。弗登平静下来。一对绿头鸭在岸边梳理着羽毛。当他靠近时，公鸭子逃进湖中，在离他足够远的安全地带嘎嘎地警告着。而母鸭子也悠然进入湖中，游了出去，距离岸边只有半米的距离。它专心致志地继续梳理着自己的羽毛，像是对弗登充满信任。公鸭子还在那里警告着他。它那绿头苍蝇般的模样和胆小怕事的做派让弗登感到反胃。

　　玛娅去哪儿了？怎么看不见她了？弗登不想大喊大叫，也不想现在就痛哭流涕。他把手伸进裤兜里，想要掏出香烟。玛娅没有在帐篷里留下任何东西，只有摩托车和挂车还在外面。弗登点燃一支香烟。他想，也许玛娅采蓝莓去了。他望向湖面，觉得自己看到一个红点，就在湖水中央。他睁大眼睛想要看清楚，但波光粼粼的湖面马上又刺痛了他的眼睛。他不确定自己是否真的看到了什么东西。

　　他走进湖水中，走到绿头鸭旁边，那母鸭子像一只狗一样盯着他。他想用手抚摸它的羽毛，但还是放弃了，因为他突然觉得这样做不好。他继续游了几下，离开岸边，最后连脑袋也潜入水里。在水下睁开眼睛要容易得多，一切都那么清晰：水草从深绿色的水底长出来，笔直地向上生长，看起来如同森林一样。水草的边缘看起来像是薄薄的玻璃片。弗登小心地游着，避免触碰到它们。一条透明的鱼一动不动地停在他面前，脊椎和各种颜色的内脏都清晰可见。

弗登浮出水面，又游出去一点儿，直至来到湖水中央。一张银色的纸漂荡在湖面上。他用脚让自己浮起来，伸手拿起那张纸，并翻到了背面。被浸湿的背面画着一个波兰华夫饼。弗登仔细盯着那张纸，主要因为他对于那印着华夫饼的火红色背面很感兴趣。他感到有些疑惑，于是又把纸放回到水面上，并且让画着华夫饼的那面朝上。他觉得理应如此，因为他在岸边的时候望到的那个红点就是红色这一面。弗登再次潜入水中，抬头看向那张纸，他能看到隐隐约约的红色。他又浮上水面，举起纸对准阳光。在空气中,红色那一面的颜色似乎不会透到另一面。弗登放下那张纸,迅速地游了几下,离开了那个地方。这里有什么不对劲,他想回到岸上。

当他游回到岸边时,感觉自己的眼睛已经适应光线,现在他可以睁大眼睛而不会感觉光线刺眼了。面前的白桦树清晰地矗立着。他又把目光落到摩托车上,它还是躺在草丛里没有任何变化。弗登想起玛娅对这辆摩托车的态度,她是多么为这个破家伙而感到骄傲。玛娅怎么还不回来?为什么她不回到他和这个破家伙的身边?当他将自己和破家伙联系到一起时,不禁笑了起来。她怎么还不回到他这个破家伙身边?

弗登在帐篷旁发现了一个苹果,一边吃着苹果一边走过灌木丛。他没有离开岸边太远,还能在树干间看到湖面的光点。一路上弗登没有遇到任何人或者动物,但是听到鸟鸣声。弗登想,也可能是这片森林被事先埋设好了电线,每一棵树上都装着几个小喇叭,没准是玛娅挂上去的。但她人在哪儿呢?她到底在哪儿呢?玛娅绝不会扔下他不管的，不会让他挨饿的，因为……弗登的思绪在这里卡住了，然后他又想清楚了。因为他们都是完全开放的人。

弗登继续往前走着。他吃完了苹果，把果核用力地掷向一棵树，于是果核在树干上裂开。走了一会儿后，他停下来看向身后，想确定一下自己行进的方向是否正确，但那片湖泊不见了，树干间不再有任何湖面的光点。弗登又往回走了一段距离，朝着他觉得是湖的方向走去，却来到了一处高高的栅栏旁。

这就是他当初坐在摩托车后面的挂车上看到的栅栏。栅栏是由一个个树干组成的，下面深深地插进土里，上面削尖，好像是巨人用他的小刀削成的一样，尖头下方还挂着电线。弗登沿着栅栏向左右两个方向各走了几百米，既没有找到出口也没有看到湖泊。爬过栅栏是不可能的，也许栅栏后面还藏着什么东西，藏着什么让人害怕的东西。弗登宁愿故意走错方向，远离这处栅栏。他越走越快，最后跑了起来。突然间，他又看到了湖面，于是放慢了自己的脚步。他深吸一口气，可他的状况比他预想的还要糟糕。他开始分辨不清方向，这可不是什么好事，但他还没到连人也分辨不清的地步。

弗登急急忙忙地赶向帐篷那里。太阳快要落山了，阳光火红般地映照在白桦林间，好像那阳光是用白色的小棍子撑起来的一样。当弗登回到帐篷时，帐篷里没有任何人。他把羊毛毯从帐篷里拖了出来，寻找着里面可能裹挟的任何食物，尽量保证没有任何遗落。然后他坐在空荡荡的帐篷里，盯着帐篷顶部的那些霉点。它们多得好像是天上的星星。弗登蜷缩成一团，开始颤抖起来。

15

夜幕降临，空荡荡的挂车在弗登身后叮当作响，像是闹鬼了一样。为了不让玛娅生气，他没把挂车扔在原地，而是和摩托车一起开了出来。他从湖畔小径转到一条小道上。摩托车亮起的灯光在黑暗森林中犹如一条逃生隧道。当弗登驶出茂密的森林时，他认出这里就是他昨天见过的田野。灰蒙蒙且毫无生气的田野正在向他的周围延伸。林荫大道上散发着一股馥郁的甜味。有萤火虫在他头顶上飞舞,但夜空中望不到一颗星星,只有不远处的村落亮着零星灯火,以及铁轨旁还闪烁着的蓝色信号灯。弗登经过沃林路牌时,减缓了摩托车的速度,然后以接近步行的速度继续开着,就好像他步行走进镇子一样。

在交叠的路灯下,小虫子扑棱着翅膀。弗登离开了林荫大道,沃林黑漆漆、空荡荡的小路正在他身后远去。他继续驾驶着摩托车前进,来到了集市广场上。当他看到教堂时,一下子放心下来。弗登想,是摩托车带着自己找过来的,就像是老马识途回到马厩一样。现在摩托车又带着他开进住宅区。

在黑暗中,住宅区的建筑显得没有白天看起来那么可怕了,甚至有一点儿祥和的感觉,仿佛它们正在酣然入梦。弗登不打算再闯入别人的家中,但他必须要和玛娅聊聊,必须得聊聊。他按照记忆来到屋子门口,扭动把手,但门是锁着的。一楼的房间里都没有亮灯。弗登来到窗前,这扇窗户对应的应该是之前的那间厨房。他突然觉得自己可以在半夜敲响这扇窗户，因为他必须要见到玛娅。弗登用指关节叩了叩窗户的玻璃，然后靠在墙边。没过一会儿，厨房里的灯光亮了起来，光线投射在草地上。弗登跑回门口，躲在墙角里。厨房的窗户被打开了，一个脑袋出现在窗框里，但是看不清长相。那个脑袋转动着，隐藏在夜色中的眼睛正沿着水泥墙面左顾右盼，然后他喊了一声。弗登继续躲在墙角一动不动。那不是玛娅的声音。窗户又被重新关上了。弗登等了一会儿，然后从墙角走了出来，蹑手蹑脚地回到窗边。当他想透过窗户看向里面时，灯光熄灭了。

弗登蹲下来，试图回想起刚才听到的声音。那声音很短，也许是动物发出来的，反正不是玛娅的声音。突然间，他感觉这一切都像是一场骗局，这让他感到愤怒。于是他站起来，沿着一楼敲响了好几扇窗户。屋子里的灯光又亮了起来，被打开的还是刚才的那扇窗户。躲起来的弗登再次听到了那种尖锐的声音，好像是有什么小树枝、小骨头之类的东西被折断了一样。这次那个脑袋并没有出现在窗框里,他正潜伏在房间内,没有发出一点儿动静,好像是在警戒一样。四周陷入一片寂静,但很快被一个声音打破,那是一个人的呼吸声。弗登从那呼吸声中听出了抗拒的情绪,好像是有什么在摩擦的声音。窗户又被关上了。弗登赶紧趴在地上,匍匐到灯光照亮的地方,然后慢慢起身。他刚想看看房间内的情况,那屋内的灯光又灭了,这让他更加火冒三丈。于是他第三次敲响窗户,这次更加用力,然后他跑回门口。

整个草地一片漆黑,没有任何事情发生。弗登等待着。他再次顺着墙边来到窗户下,踮起脚尖透过纱布窗帘看向黑乎乎的房间,但什么都看不清。这一次,他站在窗外,没有任何躲藏,因为他必须要和玛娅聊聊。

弗登敲着玻璃,没有意识到会发生什么。就在那一瞬间,窗户被打开了,他的手指还停在空中,什么也没敲到。他被人抓住了头发,狠狠地把脸压在窗台上。他听见脖子后面传来清楚的呼吸声,也有摩擦的声音。当他想呼喊时,脑袋被人拎了起来,整个身体都被扭了过去，嘴巴还被人从身后捂上。弗登背靠在墙上，他看到院子中的爬架，摩托车也在那里。现在有什么又细又冷的东西正从身后死死钳制着他，仿佛他的脑袋被钉住一样，还有一只手或者一块石头堵住了他的嘴。他张开嘴想要大喊大叫，但没有听见任何声音，他肯定自己刚才喊出了声。

弗登试图咬伤嘴里那团奇怪的、像手一样的东西，但头发被人从后面越抓越紧，好像要把他的头皮扯下来似的。他竭尽全力想从墙上挣脱，哪怕不要自己的头皮了，但脑袋还是被牢牢钉住，只能稍微扭动几下，根本挣脱不了。他彻底被困住了。突然，弗登心中平静下来，放弃了挣扎。他贴在墙上一动不动地站着，虽然他心中仍然怦怦直跳。他尝到嘴里有金属般的味道。

弗登闭上眼睛告诉自己："这都是梦。"然后他又叫道："玛娅！玛娅！"他一遍又一遍地叫着，似乎感觉不到自己的脑袋被牢牢钉住，仿佛又可以正常呼吸了。于是他想着往外迈出一步，但当他真迈开腿时，再次被无情地钳制住了。他清楚地意识到自己不是在做梦。他意识到自己可能会死。有什么声音正在他耳边低语，同时在他两侧的耳边低语。出现在他身后的绝对不是人。他什么也听不懂，却能感觉到有一种可怕的死亡威胁正在靠近自己，就像是他的心脏、他那颗失落的心脏挨了致命一击。

　　弗登睁开眼睛，然后看到了沙子。他想，也许自己被扔到了海边的沙滩上。他翻身平躺在沙子上，然后看到了架子、管道和长杆。长杆后面是一片被困住的天空，天空中还有月亮和星星。他好奇地摸了摸脑袋上方的架子，感觉凉凉的、很舒服。最后他抓住架子，让自己重新站起来。现在他能感觉到自己的腿了。他倚靠着架子站了一会儿，然后走出沙坑，哆哆嗦嗦地站在一条石板路上。

　　带着无尽的疲惫，弗登穿过沃林的街道。昏黄灯光下的墙面看起来就像是得了热带病的病人，正在发烧和冒汗。当他经过那些房子时,它们就仿佛缩小不见了,如同被热带病吞噬一样。弗登驾驶着摩托车离开了这个地方,或者说他只是一位路上的乘客,他自己也不清楚。在乡间的公路上,他让自己的双手离开了摩托车的车把。

16

晚风吹过哥白尼大街上的悬铃木,叶子沙沙作响。奥赖恩旅馆还亮着灯,但仅限前台区域,其他地方都处在黑暗中。弗登打开旅馆院子的大门,院子里的多肉植物灰蒙蒙一片,比他印象中的更加肥硕,而摄像头看起来像是外墙上的一个红点。弗登想,只有他紧贴着墙壁,才不会被发现。他感觉自己开始出汗了。与墙面贴在一起让他感觉很难受。他慢慢移动到有视野的拐角处。停车位黑洞洞的,格尔德先生的汽车不见踪影。

弗登回到院子大门,他想进入大街,却又被什么东西拦住了。他抬头看着繁星点点的夜空,然后又回到旅馆里,并且蹲了下来。他觉得自己肯定是疯了。然后弗登让自己的额头高过旅馆内的柜台。旅馆建筑的窗户是关着的,多贝克正在前台睡觉。弗登起身像在看水族箱一样看着前台里面。多贝克的脑袋枕在椅背上,电视机几乎被脑袋完全挡住了,但脑袋周围还在发光,像是给多贝克戴上了一顶王冠。弗登观察着旅馆内影影绰绰的动静。多贝克的脑袋看起来好似变得破损不堪。过了一会儿,多贝克从椅子上向下滑去一点,电视机的画面出现在眼前,一览无余。

电视机上播放的是默片时代的黑白片,人物浓妆艳抹,表情也很夸张。弗登看到一位衣冠楚楚的男人在森林里散步。他偶遇一位正在采摘莓果的衣着寒酸的女孩。当男人走近时,女孩害羞得手足无措。男人问她在采什么,她指着几乎空无一物的篮子忧郁地看向那男人,然后把手伸进篮子里抓了一把莓果递给他。男人婉言谢绝，但女孩请他收下，就算是她仅有的一点收获也请他一定要收下。男人擦着额头上的汗珠，感动地微笑起来。他从女孩手里拿了几颗莓果，尝了尝，眉毛挑了几下，似乎很喜欢这个味道。然后他一次又一次地从女孩手里拿来莓果吃，直到他面前的女孩的白嫩嫩的手掌变得空空如也。

镜头给了女孩空空如也的手掌一个特写，然后镜头又慢慢拉远。弗登可以看到女孩伸出手站在那里，男人最终握住了她的手，女孩也不像之前那般羞怯。男人俯身向前，不知道在亲吻对方的手还只是贴近对方的手。他就这样长时间地在原地保持不动。观众只能看到他的后脑勺，看到他的头发梳得整齐油亮，而女孩的脸倒是一直出现在镜头里。突然，女孩的脸上闪过一道光，贪婪的神色显露出来。而观众知道那男人根本不可能看见女孩的神态，因为他还在俯身面对女孩的手。镜头推近了，越来越清晰地呈现着女孩脸上诡异又丑陋的神态。

现在男人终于直起身子，虽然他面色苍白，但是满脸幸福，似乎完全坠入了爱河。而女孩又回到最初那副羞涩的表情。

可以看得出，那男人打心底觉得女孩拥有一个美丽的灵魂，但观众心里都知道和这女孩在一起绝不会有什么好结局，毕竟在几秒钟前他们才见识过她的真面目。男人当然没有察觉到任何异常，正单膝跪在女孩面前，在草丛中向她求爱。虽然听不见他们在说什么，但是可以看到他们的状态。女孩犹豫着，任由男人反复恳求。她心里清楚自己早已将那男人掌控在手心里。男人已经束手就擒，再也离不开她，只能不停地向她表达爱意，直到实现心愿为止。

"不，这是她的阴谋！"弗登喊了出来，像个疯子一样敲打着玻璃。多贝克从椅子上跳起来，巨大的身躯四处乱转。弗登看了一眼他空洞而惊恐的眼神，然后就跑开了。当他跳过篱笆时，闻到了一株诡异的灰色多肉植物散发出的令人迷醉的气息。

171

17

弗登打开加工金属的机器,将钻轴下压,直到发出尖锐的摩擦声,然后把金属件扔进事先准备好的筐里。幸好机器的电流可以调节,眼前的画面不是静态的,甚至他的想象也可以在眼前加载出来,就像是一片空地被分割成许多不同的区域一样。

弗登一边这样想着,一边把黑得发亮的莓果放进篮子里。此时,老妇人们出现在他眼前。她们正按照规定的路线在蓝莓树丛间忙碌，几乎不会相撞。过了一会儿，弗登不仅能听到鸟鸣和采摘的声音，还能听到老妇人们的声音，尤其当她们直起身子的时候。也许那些嘎啦嘎啦的声音都是从这群老妇人的身体里发出的，而不是折断蓝莓树枝发出的。玛娅从他后面推了他一下，看到他吓得把自己的手收了回去，不禁笑出声来。玛娅似乎很喜欢和他开玩笑。

弗登看着玛娅走开，继续采摘起蓝莓，但篮子似乎装不满。他忙了半天，连篮子的一半也没有装够，就好像篮子底部有个看不见的洞似的。突然他的耳边传来一阵金属撞击的声音。弗登想，这声音不可能出现啊，树林中是不会有金属的。他的背部开始酸痛，于是他直起身子，目光落在金属加工车间的大钟上——快到下班时间了。玛娅在和那些老妇人挥手告别，而老妇人们也机械性地挥舞着手，身体随之扭动。玛娅离开了果园，既没有转头看弗登一眼，也没让弗登跟着自己。她就这么走了。一声鸣响传来，弗登犹豫了一下，然后关掉机器。

他把没有做完的金属件扔进一个筐里，朝洗手间走去。

玛娅坐在淋浴间旁边的板凳上，好像在等弗登在她的旁边坐下。玛娅还是像从前那样美丽，尽管今天看起来有些模糊不清，她的轮廓依然闪烁着光芒。弗登看着手上的金属屑。他平静地告诉自己那是果汁。玛娅正朝他微笑着，她的笑容是那么清晰。

弗登起身脱光了自己身上的衣服。他不再羞于自己裸露的身体，是玛娅带走他所有的羞怯，是她改变了弗登的想法。就在弗登与玛娅眼神交汇的那一瞬间，他感觉自己正变得兴奋。他走进淋浴间，拧开水龙头。热气腾腾的水落在他身上，冲走了皮肤上的金属屑。

刚开始上班的那几天，他看到金属的样子时，闻到金属的味道时，甚至在想到"金属"这两个字时，都会感到无法呼吸。他有好几次从机器上跌落，就像跌落悬崖一样。经过一段时间，他才学会专注工作，学会把眼前所有的危险画面切换到另一个画面，让自己重新置身于森林中、湖泊旁。如果在打开机器放上第一个金属件前没能及时调整眼前的画面，或者在站到热水下把身上金属屑冲掉前过早地让头脑激动起来，理论上这些情况都会让他从悬崖边跌落下去。只有在真正洗澡的时候，弗登才会感觉到安全。只有在这里他才能思考一切，甚至包括思考金属。只有在水流中他的思绪才能自由。弗登想象着玛娅，想象着她正背对着他靠在瓷砖墙面上，同时让他靠近自己。

弗登走出淋浴间时，玛娅消失不见了，但这没什么，反正之后他们还会再见面的。他擦干身子，穿上衣服，离开了车间。他把摩托车停在了几百米外的一条小巷子里。他不想让同事看到他是如何来上班或者如何下班回家的，尤其是自己的师傅。摩托车依然是他的秘密，他的父母都对此一无所知。

弗登想起今天师傅夸奖了自己。那时师傅友好地从后面拍了拍弗登的后背，就拍在肩胛骨的地方。格尔德先生和师傅是多年的好友。弗登想，也许格尔德先生一直都知道什么工作适合他，比他自己还清楚。他觉得自己有一个师傅挺好的，做着重复的工作也很不错，他不需要知道自己在做什么。他一直在工作，只有这样才不会被人指责自己游手好闲。这些看着像音叉却又不是音叉的金属件都是一个样子，很容易无视它们的模样，只要自己的思绪还在波兰的森林里游荡就行。转、钻、磨、锉，这些都是弗登在每天工作结束后，站着淋浴时才会想起的事。弗登站在摩托车前，它在阳光中闪闪发光。今天中午的时候师傅夸他金属件做得很好。格尔德先生会知道的，也一定会夸他的儿子。这次夸奖不可避免。弗登骑上摩托车离开，但他并不急着回家。

弗登驶入城里，停在城区的一处公墓前。他买了支蜡烛就走了进去。每次他走过大门时，都会觉得自己像是在通过一道水闸似的，身体就像船一样随着水位升高或降低。如果他感觉自己的身体变得轻盈，那么自己就是在上升；如果他感觉自己的身体变得沉重，那么自己就是在下降，总之他处在二者之一的状态。今天弗登感觉自己的身体变得轻盈了，但他说不出为什么。

公墓入口处有一间简易卫生间，门前的猫食碗仿佛装满了呕吐物。两位老妇人正站在旁边逗着猫。也许她们就是在用自己的呕吐物喂着公墓里的猫，那是她们体内喷涌而出的恐惧和孤独。弗登一边这样想，一边迅速看向别处，然后加快了自己的脚步。

太阳悬在空中，像一只黄色的小眼睛，尽管如此，它还在散发着温暖。正如大家所预料的那样，太阳确实是金秋十月该有的样子。弗登继续走着，他的身体开始出汗。临近黄昏，纪念碑的巨大影子正投射在坟墓上。纪念碑紧挨着墓地，距离城市二十千米外的地方都能看见这座位于地平线上的纪念碑。弗登喜欢这座纪念碑。但自己和它之间并没有什么深层次的关联。如果有人问他为什么喜欢纪念碑，他会回答因为所有看起来像是在挑战天空的事物他都会喜欢。

弗登在沥青大道上走了几步，然后向上看去，古老的椴树在他头顶上方连成一片，只有几缕光线偷偷倾泻而下。右边有两只松鼠出现在墓碑间，它们兴奋地摇着毛蓬蓬的尾巴，也像公墓门口的猫一样习惯了被老妇人喂养。弗登蹲了下来，把手攥成拳头，朝松鼠用弹起舌头的方式打着招呼。其中一只松鼠先是一跃而起，然后蹦蹦跳跳地跑了过来，用小爪子触碰着弗登的拳头。弗登感觉自己仿佛碰到了一根小棍子。他慢慢摊开手，向它展示着自己空荡荡的手掌。松鼠猛地蜷缩了一下，然后立马跳开了。弗登蹲在原地没有挪动，又和另一只松鼠重复了同样的把戏。这一只松鼠看起来比上一只更加胆怯，但它还是选择靠近弗登。它目睹过自己同伴的一无所获，但它似乎不想心甘情愿地接受别人的经验，想要试试自己的运气。当弗登摊开手掌时，指尖无意间刮到了它的皮毛。那只松鼠吓了一大跳，倒不是因为看见面前空空如也，而是因为自己的肚子突然被人摸到了。它马上咬了一口弗登的手作为回应，然后飞快地逃走了。

弗登不解地看着逃跑的松鼠，然后才注意到食指上的小红点。红点很快扩散成一团，鲜血从食指上滴落。弗登起身把手伸进裤兜里，把流血的手指紧紧按在衬里上。他想，如果自己突然被一只手触碰，估计也会咬下去。

弗登朝公墓深处走去。他渐渐感觉手指上有一种轻微的、跳动的疼痛感，也许是刚才的松鼠让自己感染了狂犬病。这种想法并没有让他感到害怕，恰恰相反，他忽然觉得自己被松鼠咬了就像是被注射了一针镇静剂。不过，至少狂犬病是对他眼下感受的一种解释。他关注着自己迈出的每一步，想要弄明白为什么生活在墓地里的动物与墓地围墙外的同类行为反应不太一样。生活在墓地里的动物通常更不怕人，不过这也说得通，毕竟这里躺着许多逝者，哪怕在这里走动的活人也会思考着自己的死亡，就像是陷入瘫痪状态一样。动物们能感知到这一点。山雀正在人们的头顶上方飞来飞去，有时还能看见草地里有鹿儿在吃草，或者看见狐狸慢悠悠地穿过大道。尽管这里比任何地方都更接近天堂，但动物们还是会被人类的每一次真实接触吓到。弗登想，这里并不是真正的天堂，只是自己的手一时忘了这一点。动物们清楚地记得人类用自己的双手犯下的所有邪恶，永不忘记,哪怕每一秒钟也不会忘记。它们会用任何可能的手段去反击,比如牙齿和利爪。

弗登离开大道,走在长着凋零的杜鹃的小路上,一路来到他的坟墓前。妈妈把他葬在城里,妈妈的父母和祖父母的坟墓也都在这里。弗登在下葬不久的坟墓旁坐下,看着木十字架。他的名字已经被擦除了,现在墓碑上什么字也没有。他记得自己曾经将手插进土里,整条手臂都插了进去,一直让土没到肩膀,手臂就像是一个钻头一样,直到指尖不能再继续深掘下去,他才停止自己的动作。阳光倾洒在泥土上,但这并没有让弗登感到心安,完全没有。好像有什么柔软而滑腻的东西从他手臂上滑过。

弗登从墓前拿走已经烧完的蜡烛,把新的蜡烛放在同样的位置上。这一片墓地已经三周没下雨了,只有干燥的土壤和几株野草,没人在这里种过任何东西。弗登理解父母为什么没有在他的坟墓旁种点儿什么东西了,也理解他们为什么不再来看望这座坟墓。弗登走到水池边，发现水池是空的。他打开水龙头，麻雀在附近的树丛里兴奋地扑棱着翅膀。他从旁边的坟墓前借来一个塑料花瓶，往里面灌满了水。当他离开水池时，麻雀立刻蜂拥而上，竞相扑向水池低洼处的积水。

弗登把水浇在干燥的土地和野草上。一小团尘雾升起，又在几秒后消散。他再次到水池处接水，而麻雀们像小型战斗机一样从水池边匆匆飞进树丛里。

当墓地周围的土壤看起来都变得黝黑而柔软时，弗登才把塑料花瓶放了回去，然后点燃一支香烟。这座坟墓很快就要没有了。他在木十字架旁坐下。有一次他试图和马雷克交流，蹲在坟墓前和马雷克的骨灰交谈，但这毫无意义。他发现这么做根本行不通，和逝者交流是一件很荒唐的事情，从此他就再也没有尝试过。但今天不同以往，他意识到生命的短暂比和逝者交流这件事还要荒唐。他只和逝者交谈过一次，为什么不接着尝试呢？

弗登吸了一口香烟，思索着应该怎样开启这次对话才比较妥当。当你和逝者对话的时候，事实上是在和谁交谈呢？是不是在和自己以及附着在自己身上的灵魂交谈？如果真是这样，那么这些对话就一点儿也不会让他感到荒谬了。弗登一边思考着，一边把吸完的烟蒂掐灭在土里。

18

田野里的肥料气味像黄色泡泡一样笼罩着这座郊区小镇。弗登把摩托车停在进入小镇的入口处,在确认没有人看见自己后,朝着镇子里走去。他走过公墓的围墙,走过刚刚刷过白漆的教堂,教堂顶上依然插着那把金斧子。几百年前有一个修缮屋顶的工匠在工作时失去平衡。就在跌落的那一瞬间,他把自己的斧子砍进顶梁里,因而吊在教堂屋顶上而得救。第二天,他就回到教堂屋顶上继续工作,终于把屋顶修缮完毕。后来,他被人们称为"黄金工匠"。

这个发生在偏远古镇上的鲜有人知的故事被一个生活在十九世纪的鞋匠创作成小说。弗登仰望着那把金斧子。他也不清楚为何自己想起了那部该死的小说,也许是因为金斧子在满是黄色泡泡的光线中疯狂地闪烁着。那部小说阴魂不散地困扰了他很多年,它是学校的指定读物,尽管原著内容只流传下来部分片段,因为原稿被鞋匠的老婆拿来生火了。她一辈子都没想到自己的丈夫居然能在纸上创作小说,而不是不停地修着鞋子。那一部分小说的片段得以留存,也是多亏了鞋匠的老婆,因为她没有把稿件全部烧掉,没把那一页页的荒唐都烧得一干二净!弗登把目光从金斧子上移开,加快了自己的脚步。不过从另一方面来说,人们也要感谢鞋匠的老婆还能为他们留下只言片语,如果没有这些,人们会承受更多的痛苦。

弗登走在镇子的主干道上。这个破地方和所有的破地方一样，都有一条不大的主路。弗登向其他人打招呼，其他人也向他回以问候。有些人还是像在看行尸走肉一样看着他，但这种情况越来越少。整件事情正如格尔德先生在几周前轻松指出的那样，它已经不是什么热门话题了。那些老人更愿意去聊面包房老板的四十多岁老婆和一个志愿消防队的小伙子私奔的故事。弗登感觉自己比之前更加自由。

人行道已经被拓宽，之前的地砖也不见了，现在地面上到处都是那种红色的、像骨头一样的地砖。一直都是这样的，当一个落后的地方开始有钱，所有的建设投资都被花在一模一样的骨头地砖、公交车站、长凳和银行建筑上。当这些东西建完后，建设者们还有其他资金去建设一模一样的商场、超市和加油站。这地方显然是钱多到没有地方花了。弗登没想让自己的脚步慢下来，但在回家的路上，他突然觉得自己喘不上气来。他不能也不愿意再和其他人打招呼。于是那些苍老的眼睛立刻就充满敌意地看向他。他躲进哥白尼大街①，深吸好几口气。

父母的黄色房子就在小巷尽头。越过那座房子，可以看到一条铁轨横穿而过，黑洞洞的地下通道连通着铁轨的两侧。在铁轨的另一边是一片田野。一列城际轨道列车刚好从右向左驶过，然后消失在视野里。弗登小时候对于城际轨道列车很着迷，甚至有几次想要引发列车脱轨的事故。他先是放置过树枝和石块，后来又放置过废旧轮胎，但从来没有真正引发过脱轨的情况，就连紧急制动的情况也没有出现过。

弗登坐下吃晚饭。妈妈轻抚了一下他的头发。格尔德先生给他倒上一杯啤酒，但他摇摇头。

"你出去闲逛了？"格尔德先生问道。弗登点点头，咬了一口奶酪面包。

---

① 此处的"哥白尼大街"原文为德语写法，与前文中波兰语写法的"哥白尼大街"相似。

"自己挣钱的感觉不错吧。"格尔德先生微笑着说道,他的嘴巴被食物塞得满满的,"终于自己买得起东西了。"

妈妈问弗登有没有给自己买什么东西,弗登回答道:"没有。"然后他喝了一口饮料,碳酸汽水的气泡在嘴里爆裂开来,令他感到愉悦。他觉得自己的嘴里好像爆发过一场枪战。

"今天儿子的师傅夸他了。"格尔德先生对妈妈说道。

妈妈笑着问弗登这是不是真的。"这当然是真的,"格尔德先生替弗登回答道,"儿子工作起来又好又麻利,天生就是做金属加工工人的料。"

弗登看到格尔德先生对他眨了一下眼睛。"今天是挺顺利的。"弗登也说道,然后又吃了一口奶酪面包。

"刚开始当然没什么意思,只能做一些变速箱,"格尔德先生说道,"但这就像乘法口诀表一样,你必须得经历一些东西,才会和沙滩上的沙子一样存在更多可塑性。"

格尔德先生又给自己倒了一点啤酒,问弗登要不要来点儿。弗登点点头,把自己的杯子递过去。

"下周那帮学生就该开学了吧?"格尔德先生问道,尽管这是显而易见的事情。妈妈转动着酒杯。

"你冷吗?"格尔德先生又关心地问着妈妈。他笑着握住了妈妈弯得像鸟爪一样的手。

妈妈惊讶地看着格尔德先生,然后用微弱的声音说道:"你不打算告诉儿子吗?"格尔德先生把手收了回来,点点头。他拿起啤酒杯,靠坐在椅子上,望了一会儿天花板。

格尔德先生表示,现在就差最后一步了,然后发生在波兰的所有事情都应该彻底翻篇。格尔德先生像一只听话的猎犬一样看着妈妈。他首先告诉弗登,他为自己的儿子感到自豪,虽然弗登的行为给妈妈带来了如此的痛苦,但是弗登知错能改。

"别说了。"弗登在心里说道。

格尔德先生又夸了一遍弗登,他确实为自己的儿子感到骄傲。儿子能这么快地改正自己的错误,回归正轨,师傅的夸奖不是没有道理的。

弗登变得焦躁不安起来。格尔德先生停顿一下,把椅子朝桌子挪近了一点儿,然后继续告诉弗登,斯特泽普一家会在周五从波兰来这里取走骨灰。斯特泽普夫人给他打过电话,告诉自己她在沃林当德语老师,因此德语说得很好。斯特泽普一家想在离开前见见他们,就是这样。他们已经约好了周六下午前来拜访。

格尔德先生看向妈妈,她的手像小翅膀一样在茶杯上颤抖着。格尔德先生提议让妈妈到时候烤苹果派给斯特泽普一家吃,或者他亲自烤一个也行。妈妈摇摇头,轻声说道:"这没有必要。"

格尔德先生点点头,表示这次拜访的时间也不会很长,他已经告诉斯特泽普夫人他们晚上还有别的安排。弗登像是挨了当头一棒似的。格尔德先生询问儿子同不同意他的决定。弗登心中开始狂跳,并试图点头同意。

"很好。"格尔德先生一边说着一边摸了摸妈妈的手,"我们要理解斯特泽普一家的遭遇。他们失去了儿子,这很不幸,就像我们刚刚经历过的那样不幸。"格尔德先生握住了茶杯上妈妈的手,但妈妈依然直视着前方,眼睛看向墙壁。

"现在说说最重要的事情。"格尔德先生又打起精神,"之前已经传出去的事情就当它真实发生了,就按照原来说好的故事来吧。"过去了这么长时间,格尔德先生必须和儿子好好谈一次这个问题了。

格尔德先生给自己和弗登倒了点儿啤酒。他喝了一口啤酒,又继续说道:"这并不是在撒谎,只是迫不得已罢了。"弗登看到妈妈把目光转向桌布,她慢慢开始点头。

"死讯已经登报了,大家也传了好几个星期的闲话了。如果现在真相大白,你们觉得会发生什么?他们会用唾沫淹死我们!"格尔德先生大叫起来,"他们会毫不留情地捏死你,迈克。他们会毁了我们,会毁掉整个家!"

格尔德先生点燃一支香烟,然后把烟盒推向弗登,还为弗登打开打火机。妈妈往自己的杯子里续了一些热茶,她的双手又攥成一团。

格尔德先生清了清嗓子。"家庭最重要,"他平静下来说道,"所以一定要按照原来说好的故事来,只有这样才能让风波平息。"他们要配合好,要记住每一个细节,但最基本的原则就是迈克与那个男孩的死亡无关!

"他叫什么名字来着?"格尔德先生突然问道。弗登仿佛瘫痪了一样。

"马雷克。"妈妈轻声说道。

"对,马雷克。"格尔德先生重复道,然后看向弗登,"你不用害怕,迈克,你又没有做坏事,你只是做了件傻事,再也没有其他的事情了,明白吗?"弗登点点头。格尔德先生告诉弗登,斯特泽普一家应该已经从报纸上得知了消息,但他们还是得亲口和这些人说明白,所以不能有任何错误。弗登又点点头。"最好我们再核对一遍全部的说辞,如果有问题就立刻打断我,好吗?"

格尔德先生喝了一口啤酒,开始说道:"如你们所知,我们于中午十二点左右到达奥赖恩旅馆。迈克饿了,所以他就自己出去了,去广场上吃了点儿东西。然后他就来到沙滩,一直沿着海边走着,走到了没有任何人的地方。天气炎热,他想下海游泳,但是没有带泳裤,于是他就脱掉衣服赤身裸体地下了水,游到离岸边很远的地方。当他回来时,却发现自己的衣服都不见了。衬衫、裤子、钱包、身份证和钱,全都被人偷走了。他自然吓坏了,不知道该怎么办。突然有人向他这边靠近,他觉得自己光着身子很不好意思,于是爬上了附近的山,躲进山上的森林里,离后来发现尸体和迈克衣服的地方很远。

"关于马雷克,他没有看到也没有听到任何事情,完全没有。他一直都待在森林里,既没有看见尸体,也没有看见我们,这一点很重要。太阳下山后,他才回到缅济兹德罗耶,但他不敢光着身子走过大街回我们居住的旅馆,因为路上还有很多行人,所以他只有等到半夜时才能行动。当他回来到旅馆时,看到我们的汽车已经不在那里,因为我们早就去了什切青的医院。"

格尔德先生深吸一口气,看了妈妈一眼,然后继续说道:"迈克一个兹罗提都没有,因此他给我们打不了电话，也因为特别害羞，所以他不敢进入任何一家旅馆求助。他又回到森林里，等上一整天，思考着自己接下来该怎么办。到了晚上，他再次回到奥赖恩旅馆，但我们没有再从什切青赶回来。幸好这段时间天气一直很热，到了晚上也不会冷，所以他才没有被冻着。最终迈克离开了缅济兹德罗耶，朝沃林的方向走去。他从一个旧衣回收箱里掏出一些衣服，也可以说是偷了一些衣服。之后他一路身无分文地回到了家里。"

格尔德先生喝了一口啤酒，然后问道："到这里都清楚了吧？"他像检票员一样看向另外两人。弗登试着点点头，但他不知道其他人能不能看出来。

"好，"格尔德先生说道，"现在该说说迈克的问题了，我们从一开始就要承认这一点。"妈妈突然看起来很恐慌，但格尔德先生似乎没有注意到她表情的变化。

"迈克离家两周多，一直在野外过夜，没有给家里打电话。他明明不再赤身裸体，很容易向别人求助，但没有这样做。但我们要明白，迈克完全不知道波兰那具尸体的事情。整件事情就是一场由无知导致的冒险。这就够了，别的我们什么也不说。最后迈克回到了家里，那天正好举行葬礼。当他意识到问题的严重性时，整个人都崩溃了。他自然是被吓坏了，过了好几天才缓过来。我们作为父母没有上报这一情况，自然也是一个错误，但我们没办法，因为我们得优先照顾儿子。最后，迈克从沃林那边穿来的衣服都被我们扔了，因为我们不知道这些衣服可能很重要，我们什么都不知道。一切就是这样的，我觉得没问题了，你们还有问题吗？"

格尔德先生又喝了一口啤酒。他先看向妈妈，又看向弗登。屋里没有人开口。"眼下最要紧的就是你必须能很流畅地讲出整个故事，你明白吗？"弗登点点头，把香烟掐灭在烟灰缸里。按住烟蒂的时候，他注意到妈妈从侧方投来的目光。他看着妈妈的脸，觉得有什么不对劲儿。

"都是谎言！"妈妈突然冒出这一句，"都是谎言！"

她直接冲着格尔德先生的脸怒吼道："到底为什么！

告诉我为什么!"格尔德先生从椅子上跳起来,抱住她的肩膀。但她挣脱了他,蜷缩起来,开始大声痛哭。

格尔德先生跑去冰箱拿了一瓶伏特加回来,赶紧往杯子里倒了一点儿。妈妈抓过杯子一饮而尽,然后又看向弗登。这一次她的目光不再温柔,而是露出了前所未有的冷酷。

"要冷静,以家庭为重。"格尔德先生的声音仿佛从远方飘来,但妈妈不想冷静,她想知道为什么自己的孩子再也不愿见到她。

"我把你怎么了?"她喘着粗气,激动地用手打翻了空酒杯,声音越来越大,"我把你怎么了?我再也受不了这种谎话了,我再也受不了了。你厌恶我们为什么还要回来?你爸爸看不出来,但我早就看出来了,你讨厌我们,讨厌我们两个人。你告诉我为什么!现在就告诉我为什么!回答我!"

格尔德先生一直试图让妈妈的脸从弗登的方向扭向自己,但没有成功。她一直挣扎着盯向弗登。但突然妈妈的脸不再狰狞，而是慢慢垂下。她的呼吸声变得愈发沉重，额头几乎要碰到桌布上。格尔德先生又给妈妈倒了点儿酒，但她已经不再去拿杯子。弗登也和妈妈一样哭了起来，他无声地哭泣着，不让妈妈听见一点儿声音。妈妈不再哭下去，而是喘着粗气，她的白色额头紧贴着同样白色的桌布。她的呼吸声能听得一清二楚，仿佛她只专注于调整自己的呼吸节奏。她只想呼吸，不想做其他任何事情，也不想再思考和感受，她只想呼吸，直到这呼吸在某一刻戛然而止。

19

"这边请！"格尔德先生的声音从下面的院子里传来。弗登慢慢从床上爬起。为了不被其他人看见，他躲在斜窗的一侧向下偷看。

在院子里，白得像婴儿牙齿的塑料椅子被码放在塑料桌子的周围。桌子上的咖啡都已经准备好了。格尔德先生带着两位陌生人出现在弗登的视野里。他们是斯特泽普夫妇。由于角度受限，弗登看不见斯特泽普夫妇的脸，但斯特泽普夫人看起来特别瘦削，她的头发又红又短。

"请坐。"格尔德先生说道，并透过阳光房敞开的房门呼唤妈妈。斯特泽普夫妇很快坐下，但妈妈还没有出来。格尔德先生又叫了一次她，还是没有听到动静。

"请您稍等下，我去看看。"

格尔德先生走进屋里。斯特泽普夫妇就坐在那里，一动不动，像假人似的。他们被一堆塑料制品包围，一句话也不说。斯特泽普先生头顶光秃秃的，身材很敦实，看起来要比他的妻子更健康。头顶是斯特泽普先生的弱点，那里被阳光晒伤了，在白色桌布的映衬下格外显眼。妈妈使用的桌布总是那么白。

这时妈妈跟在格尔德先生后面来到院子里。斯特泽普先生马上从塑料椅子上起身，椅子在被向后挪动时与石头地面产生摩擦，发出一阵刺耳的声音。他俯身用红色的额头贴近妈妈的手。斯特泽普夫人还是坐在原处，但把手伸向桌子对面的妈妈，朝她点头问好。过了一会儿，大家落座完毕。格尔德先生和妈妈是紧挨着坐的，但斯特泽普夫妇在彼此间留了一个空位，好像在等着谁的到来。

弗登在第一次听到斯特泽普夫人的声音时吓了一大跳。他没想到如此弱不禁风的身体里潜藏着这么深沉而粗犷的声音。斯特泽普夫人叫着一个名字——卡娅。不一会儿，一个瘦小的、长着红头发的女孩就从房子的另一边走了过来，应该说挪了过来，因为她的行进速度极其缓慢。

弗登想，也许她想快也快不了吧，因为他看到卡娅慢动作般抬起她的手臂，分别和格尔德先生还有妈妈握了手。她看起来像是一个小不点儿。弗登把额头靠在玻璃上，突然感到一阵眩晕。女孩没有在桌子旁边坐下，而是离开码放桌椅的地方，又以和之前一样慢的速度径直朝院子里的坚果树走去。斯特泽普夫人的目光随着女儿移动，然后又转头看向格尔德先生。格尔德先生和他们讲着关于土地、院子之类的话题。弗登只听得懂其中的只言片语。他望向草地。那女孩就像绿色雷达信号图上闪烁的红点。她的头发和她妈妈的一样短，都是红色的。弗登觉得那头发看起来像是给女战士制作的大小合适的头盔。

女孩离房子越远，弗登从上面看向她的角度也就越偏。"卡娅！"斯特泽普先生大喊的同时打断了格尔德先生的介绍。卡娅转身莞尔一笑，然后又继续慢慢向前走着。

弗登看清了她的脸，这就像一记重拳打在他的肚子上，顿时鲜血上涌。他仿佛听到鳃盖张合的声音。弗登又听见有人在叫自己，是格尔德先生。格尔德先生一边叫着弗登的名字一边望向楼上的窗户，好像渔夫在呼唤着鱼群。

此时，玛娅正站在坚果树下，站在裸露的泥土上。那"红点"从"雷达图"上消失不见了。格尔德先生又一次叫响儿子的名字，这次他的声音更大。玛娅的目光透过玻璃直射过来。她脸上的笑容挤作一团。弗登望着这张扭曲的脸,他又听到格尔德先生的声音在说:"我现在就去叫儿子下来,可能他正在戴着耳机玩电脑。"与此同时,玛娅也抬起她的右臂,竖起大拇指,收起中指、无名指和小指,用食指对准弗登的脑门。玛娅瞄准着弗登,做出扣动扳机的动作,仿佛这一枪产生了后坐力。然后她又做出放下枪的动作,脸上露出神枪手般的满意表情。这一切弗登都看得一清二楚。直到此刻,他才选择闭上自己的眼睛。

格尔德先生用手抓住弗登的肩膀,像老鹰一样摇晃着他。正中眉心,弗登想到。而那鹰爪越抓越紧,将他中枪的、正在慢慢失血的身躯拖下楼梯。格尔德先生紧紧地抓住他的手臂,像操纵木偶一样操纵着他。

"打起精神来。"格尔德先生低声说道。他把儿子拖进卫生间,摆正在水池子前面,打开了水龙头。弗登的耳朵仿佛听到了几百米高的瀑布倾泻而下的声音。

"洗干净!"格尔德先生命令道。弗登让冷水流过自己的手腕。

"脸也要洗干净!"弗登再次谨遵命令。

格尔德先生递给他一条毛巾,突然又抓住他的脑袋,像给孩子梳头一样用手将弗登的头发仔细分开,就差往上面喷水了。弗登刚想闭上眼睛,那鹰爪又立刻开始摇晃他。

"精神点儿!"格尔德先生拍了拍弗登后背肩胛骨的地方。弗登点点头。然后格尔德先生把自己的儿子拉出卫生间,牵在自己身后往前走着。弗登低头看去,地面在不断地变化,依次是地毯、地板、地砖、油毡,最后出现在眼前的是无数块骨头形状的灰色石砖。他们来到院子里。弗登抬起自己的头,阳光让他睁不开眼。

斯特泽普夫人雪白的手轻盈地落在弗登的手中,仿佛是一块瓷片。一股清凉感正从她的手指传递到弗登手上。然后弗登又握到一块厚实且汗津津的"铁板",那是斯特泽普先生的手。弗登把手偷偷在裤子上蹭了蹭,焦虑地看向院子。玛娅正站在和邻居家分界处的黑加仑树丛那里,背对着他。斯特泽普先生用波兰语叫着她。就算一个词也听不懂,弗登也知道那是斯特泽普先生让她过来。玛娅没有转身,只是在树丛旁耸了耸肩,仅此而已。斯特泽普先生无奈地看向妻子,但斯特泽普夫人顾不上丈夫的无奈,她的眼里只有弗登。斯特泽普夫人雪白的脸上没有任何表情。她连眼睛都不眨一下,就像是石膏做的雕像一样。但同时这张脸又显得比同桌的其他人的脸更有生气。弗登感觉自己的眼皮突然开始疯狂跳动,就像昆虫的翅膀。于是他试着看向别处。

格尔德先生抽出位于妈妈和斯特泽普先生之间的那把椅子,点头示意让弗登坐下。弗登照做了。他把自己的眼睛瞄向桌布,观察着妈妈亲手烤的苹果派那轻微隆起的表面。

斯特泽普夫人点燃一支香烟。她把烟盒推到苹果派旁。这盒香烟和弗登在波兰吸过的那种香烟品牌一模一样。格尔德先生起身去拿烟灰缸。妈妈问斯特泽普夫妇要不要来点儿咖啡。弗登把目光稍稍抬起,看到只有斯特泽普先生作出了回应。他朝妈妈笑了笑,侧身对着桌子，先把妻子的杯子放在咖啡壶下面，然后把自己的杯子也放了过去。

斯特泽普夫人好像没看见放在右手旁的咖啡似的，继续盯着塑料椅子的扶手。她的左手举在空中，夹着被点燃的香烟。弗登观察着她的动作，感觉斯特泽普夫人好像被机械驱动一样，每过一段固定的时间，她的手就会准确地把烟送到嘴边。她的红唇轻轻抿住香烟，香烟的滤嘴就被洇成红色。当手从嘴边拿开时，烟雾从她的鼻子和嘴巴里冒出来。

一阵倒水声过后，妈妈给弗登的杯子里倒了点儿咖啡，但没有看向他，仿佛他根本不在这里，而倒咖啡只是做做样子。弗登一想到这一点，羞愧感涌上心头。现在妈妈给自己的杯子里也倒了点儿咖啡。她在昨晚并没有和弗登、格尔德先生一起吃晚饭，而是直接上床睡觉去了。格尔德先生告诉儿子不用担心，只是斯特泽普夫妇的拜访让她感到害怕，但她会配合的，不会出什么岔子的。格尔德先生说他们现在必须都得坚强起来，然后他和弗登共饮了一瓶啤酒。什么岔子都不会有的，绝对没问题的。可弗登对此心里并没有底。

斯特泽普先生喝了一口咖啡，把那张有些鼓起的脸转向院子。格尔德先生顺着他的目光看去，问他要不要拿点儿坚果，今年树上结了不少坚果，根本吃不过来。斯特泽普先生尴尬地笑了笑，好像没有听懂。格尔德先生刚才没有考虑到只有斯特泽普夫人会说德语。斯特泽普先生耸了耸肩，指了指妻子，然后用手摸了摸光秃秃的脑袋。他脑袋上的汗珠像被雨刮器刮掉一样消失了。

弗登将目光移开，他可不想看见接下来斯特泽普先生的手会摸到哪里。斯特泽普夫人则表现得像是从短暂的梦境中醒来一样。她在烟灰缸里掐灭了香烟，把头转向格尔德先生。她一言不发地看着他，而格尔德先生又重复了刚才的问题。弗登可以看出格尔德先生有些尴尬。斯特泽普夫人摇摇头，用弗登已经听过的沧桑嗓音婉言谢绝，但弗登觉得这一次斯特泽普夫人的声音和外表一点儿也不矛盾。她讲起德语时几乎没有波兰口音，但有一种令人不安的语调，声音忽大忽小。

弗登低头看着桌布，听见斯特泽普夫人说他们在沃林的家里也有一棵结了很多坚果的树，他们感谢格尔德先生的好意，但家里的坚果吃不完，所以就不用给了。弗登又忍不住抬起头。斯特泽普夫人把目光从格尔德先生的身上移走，转向了妈妈，但妈妈只和她对视几秒，就紧张地问有没有人想尝尝刚烤出来的苹果派。弗登看到斯特泽普夫人的脸色在慢慢发生变化，就像是翻页动画一样。每翻一页，她看向妈妈的眼睛就更加温柔。"好吧，那就尝尝吧。"她最后笑着说道，几乎没有了原来的神态。

妈妈颤抖着切开苹果派，把第一块放到了斯特泽普夫人的盘子里。然后她又切了几块分发给其他人，这时她的手没有刚才那么抖了。斯特泽普先生用波兰语说了什么，并露出满意的表情。妈妈求助般地看向格尔德先生。斯特泽普夫人向他们翻译着丈夫的话，说她的丈夫夸赞热乎乎的苹果派味道很好，和家里做的一样。妈妈勉强笑了一下。

弗登的盘子里也放着一块苹果派,但他没有动。弗登的嘴巴很干,怕自己吃的时候会被噎住。斯特泽普夫人一边吃着苹果派,一边看看妈妈,看看弗登,再看看院子。"卡娅!"她突然叫道,声音不大但听起来很尖锐。弗登侧过脸去,看到玛娅马上动了起来,这一次动作很麻利。他盯着桌布,感觉自己浑身发抖。

玛娅来到桌子旁,鞋子踩在石砖上发出啪啪的声音。她绕到桌子对面,坐在了自己父母间的椅子上。斯特泽普夫人用波兰语和她说话,依然是尖锐的声音,听起来好像在责备那女孩。弗登看着自己吃不下的那块苹果派,又看着桌布上妈妈正在移动的手。玛娅也得到了一块苹果派和一杯咖啡。那女孩用客气的语气说道:"谢谢[①]。"弗登有些惊讶,她的声音和玛娅好像不太一样,或者说她们的声音只有一点点相似的地方。

他抬起头小心地瞥了一眼玛娅,又马上将脑袋垂下。

---
① 原文为波兰语。

正在吃东西、朝他微笑的女孩并不是玛娅，她的红头发是染上去的。除了皮肤外，她整个人看起来和她妈妈惊人地相似。弗登想，如果说斯特泽普夫人是白色大理石做的，那么卡娅就是砂岩做的。不过她脸上的某些东西还是让他想起了玛娅，以至于他一直在纠结自己到底有没有认错人。卡娅表现得好像在之前从来没见过弗登一样。她正津津有味地吃着苹果派。弗登觉得她的脸上从未平静，仿佛有什么东西在流动，和玛娅一样。

妈妈问有没有人想再来一块苹果派。斯特泽普夫人说道："不用了，谢谢，不过真的很好吃。"弗登转过头，发现斯特泽普夫人的目光又落在自己身上。他迅速地移开视线，但对方死盯着他不放。斯特泽普夫人友好地询问弗登，为什么他不吃一点儿苹果派，毕竟这是他妈妈花了不少精力做出来的。弗登吓得答不上来。他没有料到自己会被别人直接问话。弗登耸了耸肩，好像他唯一能做的只有耸肩似的，然后他就低下了头。

过了一会儿，他看到斯特泽普夫人的手从桌布上靠过来，把蓝色的烟盒推到他的盘子边。"想吸就拿吧。"她的声音听起来柔和而温暖。弗登点点头，小心地拿起烟盒，仿佛那是一条小鱼。这烟盒摸起来有一种熟悉的感觉。他抽出一支香烟，把烟盒放到桌子对面，交还给斯特泽普夫人。当她去拿烟盒的时候，轻轻地触碰到弗登的手指。弗登心中忐忑不安，他不确定是斯特泽普夫人真的碰到了自己，还是这一切都是自己幻想出来的。他的右眼皮开始跳动。

斯特泽普夫人点燃一支香烟，然后把打火机递给了弗登。弗登深吸一口被点燃的香烟，靠在椅子上，通过鼻子喷出烟雾。卡娅在一旁碰了碰她妈妈，低声说了些什么，但斯特泽普夫人短促又坚定地摇摇头。女孩委屈地噘起嘴，没有再说什么。此时所有人都不说话了，就连格尔德先生也沉默了，就好像寂静突然从天而降，落在这不幸的院子里，像一张湿漉漉的被子把他们盖住一样。或者所有人都睁着眼睛陷入长达百年的沉睡中，进入一个残酷的童话故事里。

大家都看向不同方向，只有斯特泽普夫人和弗登坚定地看着彼此。斯特泽普夫人的脸白皙透亮，她正均匀地吞吐烟雾。弗登专注地盯着斯特泽普夫人，因为她的脸让自己感到心安，她的脸比世界上任何其他东西都更让他感到心安。格尔德先生、妈妈、斯特泽普先生，以及那个看起来不像玛娅、举止却如同玛娅的女孩，都好像被他从自己的视野中移除出去了，都好像被他从这个世界中抹去了一样。弗登的眼中只剩下一幅图像，只有一个人映在他的视网膜上。那人在和他对话，弗登不觉得自己和那人间的对话有什么不对劲儿的地方。

"马雷克是个可爱的男孩，他的岁数和你差不多。"那人说道，然后询问弗登想不想看一眼马雷克的模样。弗登犹豫了一下，然后点点头。

照片上的内容是马雷克站在一艘渔船旁，手里拿着一条死去的鲽鱼。这张照片是在波兰的东北地区拍摄的。从照片的背景中可以看到山崖，那时是晚秋时节，山坡上树叶落尽。马雷克看向镜头，脸上满是怒火，只因他的脸本身看起来比较柔和，那怒火才变得缓和几分。

弗登想，马雷克的脸有些鼓起，和斯特泽普先生的脸很像。马雷克遗传了斯特泽普先生的长相，他和弗登长得完全不一样。弗登俯下身子，让自己更加贴近照片。马雷克的身体看起来和弗登的身体一样瘦弱无力，甚至马雷克要更瘦弱一些，仿佛能在他的防雨夹克上看到肋骨的轮廓。

弗登的目光向下移动，落在马雷克的鞋子上。他心中忐忑不安起来，本能地把脚收回到椅子下方，手指颤抖着。弗登把照片放到桌子上，然后迅速抽回自己的手。照片上，马雷克的白色球鞋清晰可见，它正陷入沙子中。弗登又注意到马雷克的满脸怒火。他想，这怒火是因为自己，都是因为自己。他一直穿着马雷克的白色球鞋，现在也穿着它，鞋子就套在他脚上，就在椅子下方，仿佛他自某一时刻起就忘了马雷克的白色球鞋还存在的事实……

斯特泽普夫人询问弗登是否见过马雷克，她的声音非常尖锐。现在他还能怎么逃避呢?他的心跳得更加厉害了。马雷克的白色球鞋就穿在他的脚上,虽然尺码过大,但早已与他的脚无法分离。现在他到底要如何逃避呢?

"没有。"弗登突然听见自己说道,他的声音洪亮且出奇的冷静,就像是对自己的命令一样。他试着不再去关注摆在面前的照片,把停止颤抖的手放回到桌上。当有些东西木已成舟时,它们就已经属于自己了。

斯特泽普夫人又点燃了一支香烟。弗登观察着她的手。他关注的时间越长,就越能注意到现在换成斯特泽普夫人的手在颤抖。这种熟悉的颤抖只是换了宿主,并没有消失,它依然还在这里,寄生在这个院子里,寄生在这张桌子上。

"不确定的事情真让人无法接受。"斯特泽普夫人深吸一口香烟,"也许这是马雷克的骨灰,也许不是。"弗登感觉自己的脸变得通红,他知道这一变化并不受到自己的控制。

斯特泽普夫人继续在吐出的烟雾中说道:"马雷克生前很迷茫,一直非常迷茫。"弗登感觉自己的脸越来越烫,这种滚烫的感觉正在慢慢增强又无法消退。

斯特泽普夫人深吸一口气,但似乎不起作用,好像世界上的所有空气都无法填满她的肺部,无法让她坦然地说出接下来的话:"我觉得马雷克已经死了,但我无法停止去想他还在那片森林里,而不是在骨灰盒中。"

斯特泽普夫人浑身颤抖起来。斯特泽普先生试图握住她的手,但她把自己的手拿开了。斯特泽普夫人又深吸一口气,然后说道:"警察说到处都找过了,但那片森林太大了,又有许多野兽……我不能再继续活在这种不明不白中,我受不了了!"

斯特泽普夫人的手控制不住地抽搐着,就像是快要窒息的鲽鱼。她看向妈妈说道:"这是我最后的希望,也许您的儿子在哪里看见过我的儿子……就是因为这个原因,我们才给您打了电话,就是因为这个。请您见谅……"她的眼神中充满了乞求。

弗登听到妈妈呼吸越来越急促，看到她的手正越过桌子上的盘子和苹果派，伸到桌子的另一侧，无声又轻柔地放在斯特泽普夫人的手上。斯特泽普夫人没有抗拒，而且她的手不再抽搐了。一切又沉寂下来。格尔德先生看着烟灰缸里燃尽的香烟。院子里没有人移动，就连卡娅的脸上也第一次显得那么平静。

斯特泽普夫人慢慢把自己的手从那只陌生的手中抽出来。她想笑却笑不出来。斯特泽普夫人把自己的蓝色烟盒推到弗登手边，告诉他如果他想要就留着吧，这是马雷克最爱的香烟。弗登用波兰语回了一声"谢谢"。斯特泽普夫人几次想要尝试微笑，但每次尝试似乎都被一种残酷的想法压制和消灭。她不安地看着四周，好像已经分不清楚自己的家人坐在哪里了。最终，斯特泽普夫人抚摸了一下卡娅的头发，把自己的椅子往后一退，然后说道："我们现在该走了。"

其他人也都起身，只有弗登沉浸在一片挪开椅子的摩擦声中没有动弹。斯特泽普夫人绕到桌子这边，和妈妈握手告别。弗登再次听到她那尖锐且底气不足的声音："马雷克给你们带来了痛苦，我们知道。你们以为死去的是你们的儿子，请见谅。"妈妈点点头。斯特泽普夫人继续说道："但马雷克是个好孩子，是个好人，这一点请你们一定要相信我，请原谅他拿走了你们儿子的东西，请原谅他！"

弗登看到妈妈还在一个劲儿地点头，就像是一个开关坏掉的机器人，眼泪正滑过她的脸颊。斯特泽普夫人羞涩地抱住她。这一刻，弗登感觉自己的肚子仿佛再次遭受沉重一击。他想要站起来，站到那两个女人身边，温柔地安慰她们，但他做不到，他根本直不起自己的身子，因为在桌子下方就是马雷克的白色球鞋。

"我没想到会这样。"弗登突然结结巴巴地说道，同时他也对自己的开口感到震惊。他清清楚楚地听见了自己的声音。斯特泽普夫人慢慢放开妈妈，在他旁边的椅子上坐了下来。弗登的肚子痛得越来越厉害。他低头盯着盘子里自己还没动过的苹果派。在盘子的下沿，他看到斯特泽普夫人的手朝着他的手伸来。她用双手抓住弗登的手腕，那种触感轻柔又冰凉。

"我很抱歉。"弗登抬起头，看向斯特泽普夫人的脸，然后又看向格尔德先生和妈妈的脸。格尔德先生的脸上写满惊慌失措，他像是一个受到惊吓的孩子，而妈妈的脸上写着无声的呐喊。

"你这么说是什么意思？"他听到斯特泽普夫人在自己的耳边喘着粗气，"你这么说是什么意思？"弗登看着她的眼睛，注意到她的眼神紧张兮兮的，然后就听到自己结结巴巴地重复道："我……我没想到会这样。"

"你没想到会怎样？"弗登的手腕被抓得更紧了。

"我很抱歉，真的很抱歉。马雷克成了那副样子……我没有……没想到会这样。"弗登突然感到眼前一片模糊，脸颊变得湿漉漉的。眼前的那是什么？怎么会这样呢？尽管视线模糊，弗登还是看到斯特泽普夫人正在把手靠近他，然后放在他的脸颊上，仿佛这是她眼下应该做的事情。

"对，你没想到会那样。"弗登听到斯特泽普夫人温柔地安慰道，"我们没有人愿意看到事情会发展成这样，除了马雷克。"弗登感觉自己还在哭泣。

"马雷克总想成为别人，尽管他是个好孩子，但他一直想成为另一个人。他做不到，从来都做不到。"斯特泽普夫人放开弗登的脸，温柔地亲了一下他的额头，然后起身。这一次，塑料椅子没有在石砖上发出任何摩擦声。弗登抹去自己的眼泪，继续坐在原地。斯特泽普夫妇的汽车渐行渐远，他拿起了那个蓝色烟盒。

20

弗登打开加工金属的机器,将钻轴下压,直到发出尖锐的摩擦声,然后把金属件扔进事先准备好的筐里。幸好机器的电流可以调节,眼前的画面不是静态的,甚至他的想象也可以在眼前加载出来,就像是一片空地被分割成许多不同的区域一样。

弗登一边这样想着,一边把黑得发亮的莓果放进篮子里。此时,老妇人们出现在他眼前。她们正按照规定的路线在蓝莓树丛间忙碌，几乎不会相撞。过了一会儿，弗登不仅能听到鸟鸣和采摘的声音，还能听到老妇人们的声音，尤其当她们直起身子的时候。也许那些嘎啦嘎啦的声音都是从这群老妇人的身体发出的，而不是折断蓝莓树枝发出的。玛娅从他后面推了他一下，看到他吓得把自己的手收了回去，不禁笑出声来。玛娅似乎很喜欢和他开玩笑。

弗登看着玛娅走开，继续采摘起蓝莓，但篮子似乎装不满。他忙了半天，连篮子的一半也没有装够，就好像篮子底部有个看不见的洞似的。突然耳边传来一阵金属撞击的声音，弗登连连后退。这时玛娅站在他的身边，他们之间的距离比以往都要近。但玛娅一动不动，她的右脚一直悬停在半空中，看起来仿佛刚刚迈出步子就被人关上开关一样。她像一个洋娃娃那样盯着弗登，眼睛眨都不眨一下。

弗登关掉加工金属的机器，尖锐的声音却越来越大，变得震耳欲聋。警笛大作起来，喇叭里的广播命令所有人立刻离开工位。弗登四下张望,看到师傅在和车间领班说话,并指着车间上方。空中有一捆吊起的钢筋正在左摇右摆,有些钢筋已经从中脱落。弗登站在原地看着那捆闪闪发光的钢筋丝毫没有稳定下来的意思。他离开自己的机器,朝着车间更深的地方走去。工友们正从他身边跑过,他能感觉到擦肩而过的气流。

弗登来到那捆钢筋的下方,仰头望去,那些钢筋仿佛变成了树木的枝条。他一时间感觉自己也成了被推着散步的婴儿。他还看到了玛娅,她出现在自己面前,正骑在摩托车上。她启动了摩托车,然后转身朝着弗登大笑。玛娅向左转去,开向深入湖面的岬角。树干越来越细,小树苗将大树取代,最终到达陆地的尽头时,就连小树苗也没有了。弗登从挂车上下来,感觉像进入了白桦织成的网,只能看见细细的白线。

弗登看了看自己的手,又抬头看了看正在剧烈摇摆的钢筋。车间里到处都有警告灯在闪烁。玛娅的剪影在浅黄色的防水布下清晰可见。她坐在帐篷里,好像被琥珀包裹着一样。弗登朝其中的一盏警告灯走去，他也想被困在琥珀里。玛娅在那里等着他，玛娅的脸就近在眼前，仿佛是一面柔软的墙。弗登正坦然地对着这面"墙"说话，看着它慢慢打开、闭合。警报声越来越尖锐，越来越让人感到痛苦。弗登想，他们得赶紧离开这里，越快越好。

摩托车在田野间飙出了最高时速，排气管也不再发出突突突的声响。玛娅的辫子随风摇摆，最后稳稳地飘浮在空中。他们沿着铁轨行驶，又好几次穿过铁轨，有时在铁轨左侧，有时在铁轨右侧，似乎道路无法决定他们到底要走哪一边。

当他们再次跨越铁轨时，摩托车的引擎熄火了，一列火车正全速向他们驶来。弗登心中紧张无比，但他还是选择坐在摩托车上一动不动。玛娅从摩托车上跳了下去，在铁轨旁朝他招手。弗登静观其变，看着那捆闪闪发光的钢筋朝他砸来，比他想象的速度要慢得多。撞击的一瞬间，弗登感受到轻柔与寂静，这和他预计的不一样。最令他吃惊的是，不仅他的思考没有停止，就连眼前的景象也没有消失。弗登仍然能看见自己，看见他脑袋的影子在山坡上变形成奇怪的椭圆形状。他的整个影子就像是一个佝偻的生物，一个顶着椭圆形状脑袋的婴儿，被山坡压弯了腰。

弗登想要伸出手臂，但他做不到，或者说他此时做不到。他正处在什么东西的内部，更像是在一座立方体形状的碉堡中，四周的黑暗几乎将他吞没，只有脚上还留有一道光线。阴影正快速掠过他的脚趾，那是金属遮挡光线后形成的轮廓。头顶上的金属立方体还没有结结实实地砸下来，但没有人能从它底下逃离。也许是为了让他在这一刻不再感到那么焦躁，所以这坠落的过程没有被加速，金属立方体的边缘也始终没有碰到他的身体。

所有事情都在无声而精准地发生着。弗登摸了摸自己的额头，或者说他认为自己摸了摸自己的额头，然后感觉到一丝冰凉。他顺着那冰凉的触感摸过去，好像摸到了一个长条状的东西。弗登的太阳穴开始疯狂跳动，然后这种跳动变成了对他脑袋的敲打，力道越来越大地从外面敲打着他的颅骨，直至深入大脑。一切都在加快进行，但又突然中止。

光线照射进来，弗登通过颅骨上的一条细小的缝隙能看到外面的一部分沙滩。他看见带有纹路的碎石、昏黄的影子、沙子和树根。这看起来就像是一幅画，一幅静物画，分明有一只手臂从那幅静物画上方伸了出来，手指正指向虚空。

弗登离开自己脑海中的那座碉堡，走上沙滩。马雷克就躺在沙滩上，他的眼睛紧闭着。马雷克的脸和弗登的脸完全没有任何相似之处，他的脸看起来有些鼓起，鲜血正从他的嘴角流出。弗登看到马雷克的胸腔剧烈起伏着，好像他要逃跑一样。弗登跪下来看着马雷克，试图和他说话，但对方没有反应。弗登轻轻地摇了摇马雷克的肩膀，马雷克睁开眼睛，嘴巴也咧开一道缝隙。他试着说话，却发不出任何声音。

马雷克看着弗登，起初表情很平静，然后变得焦躁不安。他像一条被扔到岸上的鱼一样试图呼吸、试图说话，却只得到一些模糊不清的声音。马雷克突然开始抽搐起来，整个身体都不受控制地在沙滩上滚来滚去，动作幅度越来越剧烈。他抓住弗登的手臂，紧紧地抓住，嘴里呜咽着。弗登想甩开马雷克的手，却怎么也甩不掉。马雷克逐渐靠近他，他的脸碰到了弗登的手臂。马雷克横眉竖目，就是不松手。几分钟后，马雷克的动作变得迟缓，他渐渐停止挣扎。直到最后，马雷克的身体不再有任何反应，他的眼珠也不再转动。

　　弗登从马雷克的手中挣脱出来，然后跑出几步，跌倒在沙滩上。他发现自己的手臂上沾满了鲜血，就连衬衫也血淋淋的。他起身跑到海边，在什么都不脱的情况下就跳进海中。他把手臂浸入海水，让海水没过自己的肩膀。当他让自己的身体再次冒出水面时，红色的细流从身体上蜿蜒流下。他努力地擦洗着自己纤细的上身、自己的衬衫以及那张瘦骨嶙峋的脸。他把洗干净的衬衫放在石头上晾着，然后回到马雷克身边。

弗登坐在马雷克旁边,双手捂住自己的脸,但他还是能透过指间的缝隙观察到马雷克的尸体,它没有消失。马雷克的衬衫下方露出一点儿皮肤。弗登可以看到马雷克的腰侧有一颗痣。弗登把手从自己的脸上拿开,观察着自己腰间的痣,它们几乎都在相同的位置。犹豫了一小会儿后,弗登又把马雷克的衬衫往上拽了拽,然后马雷克没有伤痕的上身呈现在他眼前。他们看起来惊人地相似,仿佛是亲生兄弟或双胞胎一样。

弗登把手伸进马雷克的外套,掏走钱包并翻出里面的东西,然后又把钱包里的东西都放回钱包里。他把钱包小心地放在自己身旁的沙滩上,接着盯向自己的手。一分钟过去了……一个小时过去了……弗登起身开始去脱马雷克的衣服。他浑身颤抖着,做出每个动作时都在颤抖。

马雷克裸露的身体旁有一块圆形的大石头,那是一块岩石。弗登抬起马雷克的尸体,翻了个面,正好把他的脸摆在石头上。他看见马雷克的后背上和头发里有沙粒，就试着把它们清理干净。过了一会儿，他拿起马雷克的钱包装进自己裤子的口袋里，走近那块大石头。他好几次抓起马雷克的头发但又选择放手，最终他还是决定下手，将马雷克的脑袋轻轻撞向那块大石头，轻到几乎听不到任何声音。

马雷克的脸看起来没有任何变化。弗登又做了一遍和刚才相同的动作，但这种撞击力度显然不起作用。突然他听到狗的叫声，虽然声音还很轻微，但听得出那只狗离他越来越近。他现在开始用力地把马雷克的脑袋撞向那块大石头。狗的叫声越来越大，弗登使出了全部力气，把马雷克的脑袋猛地向下砸去，一次又一次，他可以听到头骨裂开的声音。马雷克的整张脸都彻底毁掉了。弗登拿起马雷克的衣服——衬衫、牛仔裤和防风衣，以及自己那件还没有晾干的衬衫。他跑上悬崖，悬崖上放着马雷克的鞋子。

弗登睁开眼睛，面前的天花板上有一只爬在网上的蜘蛛。他把头转向窗户，看到有一棵长着白色枝条的树矗立在那里。天上下雪了，雪花正极快地飞舞着。弗登感觉自己很难保持睁开眼睛的状态，但他想要睁开眼睛，要求自己一定要睁开眼睛。一个声音传来，那是一种音调很高的声音，原来是机器发出的哔哔声。弗登这才意识到自己正躺在一张床上。他看见一根线缆从机器那边伸到他面前。线缆的另一端消失在他的视野中。弗登抬起自己的右手摸向自己的脑袋。他的手没有触碰到自己的脸，而是摸到了线缆。弗登感觉这根线缆的形状并不一致，既有带棱角的部分，又有圆形的部分，而线缆的终点是自己的脑袋。他的手又落回到雪白的被子上。

机器的声音停止了。在房间最黑暗的角落里，浅棕色的桌子上摆放着一些花。这些花都是玫瑰花，除此之外，房间里就没有其他红色的东西，到处都是黯淡的颜色——黄色和白色。弗登念叨着锦葵的名字，然后又闭上眼睛。他不禁笑了起来，因为闭上眼睛后他能看见更多的鲜花，包括锦葵在内。他感觉自己的嘴巴在微笑，但是这种感觉并不对劲,好像有什么力量正把他的嘴角向上拉。他想阻止自己继续笑下去,但他根本停不下来。突然间,他终于可以让自己的嘴角不再上扬。

那是谁在说话呢?弗登听到有人刚刚和他说了些什么。弗登想再次睁开自己的眼睛,但是他做不到。他看不到窗外的雪花,也看不到窗内整个房间的样子。那到底是谁在说话呢?到底是谁?弗登正在积蓄力量,激发全部的意志力去打开沉重的眼皮。在短短一秒钟内,他看到妈妈的脸上有一株锦葵的轮廓,而妈妈正对他微笑。他很快又闭上了眼睛。他能感觉到,那笑容再也不会离他而去,可以驱散一切笼罩在自己身上的阴霾。尽管四周完全黑暗,但弗登却感觉到自由,这是他第一次获得自由。